그대 손 흔들고 가시는 꽃길에

그대 손 흔들고 가시는 꽃길에

초판발행일 | 2017년 12월 15일

지은이 | 허윤정
펴낸곳 | 도서출판 황금알
펴낸이 | 金永馥

주간 | 김영탁
편집실장 | 조경숙
인쇄제작 | 칼라박스
주소 | 03088 서울시 종로구 이화장2길 29-3, 104호(동숭동)
물류센타(직송 · 반품) | 100-272 서울시 중구 필동2가 124-6 1F
전화 | 02) 2275-9171
팩스 | 02) 2275-9172
이메일 | tibet21@hanmail.net
홈페이지 | http://goldegg21.com
출판등록 | 2003년 03월 26일 (제300-2003-230호)

값은 뒤표지에 있습니다.

ISBN 979-11-86547-83-0-03810

*이 도서의 국립중앙도서관 출판예정도서목록(CIP)은 서지정보유통지원시스템 홈페이지(http://seoji.nl.go.kr)와 국가자료공동목록시스템(http://www.nl.go.kr/kolisnet)에서 이용하실 수 있습니다.(CIP제어번호: CIP2017031373)

허윤정 단상집

그대 손 흔들고 가시는 꽃길에

반백년을 함께한 남편을 향한 연가

황금알

서 문

작은 새의 영원한 날갯짓

모든 존재는 만남과 이별이라는 필연의 진실 앞에서 사랑과 슬픔 속에 때로는 사무치는 마음으로 살고 있습니다.

나는 정태범 교수와 2년 전에 전혀 예기치 못했던 이별을 해야 했습니다. 은퇴 후 한국의 야생화를 카메라에 담고 숨겨진 문화유적을 찾아 한국의 산야를 바람으로 누비던 그가 하찮은 병마에 무너진 것입니다.

황망 간에 그를 보내고 세상을 가늠하지 못할 정도로 휘청거려야 했습니다. 그를 많이 닮은 아들과 딸이 위로하지만 자식과 남편은 궤를 달리하는 인연인가 봅니다. 남편은 부족한 저에게 스승이고 연인이기도 했습니다.

늘 겸허한 자세로 바르게 산 정의로운 학자였습니다.

그의 뒷모습은 잔잔한 삶을 살면서 봄 햇살같이 늘 따스했습니다. 가을날 타는 붉은 단풍처럼 열정적이었고 환한 달빛처럼 늘 주위를 밝혀 주었습니다. 또한 저를 북돋아 빛내주고 한국여성 문학인으로 살게 해 주었습니다.

어느 날 그의 부재가 이토록 큰 슬픔으로 실감될 줄 몰랐습니다.

그를 보내고 허둥대며 살아온 날들이 삶의 의미를 상실할 정도로 아팠습니다. 이 책은 그가 그리울 때마다 넋두리처럼 적었던 두서없는 글들입니다. 이 글들은 나의 연인을 그리고 나의 스승을 그리는 제 외로움의 노래입니다.

반백년이 넘는 세월의 환희와 아픔을 함께한 부부간 이별의 슬프고 슬픈 나의 노래입니다. 그에게 많은 빚을 졌고 너무나 큰 스승이며 또한 연인이었기에 저는 아직도 그를 보내드리지 못하고 있습니다.

오늘 새벽에도 그가 매일 모이를 주던 새들을 기다립니다.

새들은 그의 부재를 아는 듯 발길이 뜸합니다.

새벽마다 이슬을 털어 어루만져주던 꽃들도 그의 부재를 아는 듯 풀이 죽어 있습니다.

이 글이 향방도 없고 두서도 없지만 그를 그리는 진솔한 제 마음의 서툰 편편의 글들입니다. 많이 부끄럽습니다. 부디 두서없다 책하지 마오소서.

2017년 여름

서래마을 침류당시실에서

허윤정 삼가

차례

정 교수와 복수초

정 교수는 앞뜰의 조그만 터에 복수초 몇 그루를 심어놓았다.
새벽이면 큰 카메라를 둘러메고 눈 속에서 그의 성장을 둘러보았다.
하얀 눈 속 뿌리 근처에는 복수초의 열기로 둥글게 눈이 녹아 있었고
복수초 고개가 하나씩 올라왔다.
엄마가 아기를 키우듯 그렇게 꽃들을 키웠다.
이 세상 봄의 첫 소식을 알리는 꽃 편지의 서막을
정 교수는 고스란히 사진을 찍어 와서
인터넷 카페에 올리면서 희열에 넘쳤다.
그것이 바로 지난해 이맘때의 일이다. 누가 상상이나 했겠나.

왜 정 교수는 복수초를 그렇게 좋아했는지 모르겠다.
50년을 함께 살아온 나보다도 더 잘 이해하고 보살폈으니 말이다.
정 교수 단상집『내일은 아직 많이 남아있다』에
장석주 시인이 해설을 썼다.

"군자가 추구해야 할 도는 세 가지인데 그것은 어짐, 지혜, 용기이다.
군자가 되려면 서책을 널리 구하여 읽고,
부지런히 자기 수양을 하며 인격을 닦아야 한다.

정태범 선생이야말로 군자의 덕목을 실천하는 분이 아닐까 싶다.
이분은 야생화와 화초들, 그리고 여러 수목들을 아끼고 사랑하는데
그 중에서도 복수초를 편애한다.
추위에도 아랑곳 하지 않고 꽃대를 올리는 복수초,
그 인내와 강인함을 느끼면서 꽃잎이 열리는 날을 기다린다.

봄은 정원에도 오고 거실에도 온다.
복수초는 눈 속에 있되 그 추위를 원망하지 않고
홀로 추위 속에서 꽃대를 올리는 것을 두려워하지 않는다.
눈 속에서 추위를 견뎌내며 가장 먼저 꽃대를 올리는 복수초는
어지러운 세태 속에서도 의연하게 자기 본분에 충실하며,
중용의 도를 따르는 군자의 꽃이라 할 만하다.
정태범 선생이 복수초를 사랑하고 아끼는 것은
이 꽃이 자신의 기질이나 품성과 빼 닮았기 때문이 아닐까"라고 썼다.

돌아보니 장석주 시인의 글에서 절절히 정 교수 생전의 품성을
공감하게 된다.
복수초를 찾아 겨울 산을 헤매다 돌아와 늦은 시간
등산화를 벗고 거실로 들어서던 그날이 스치고 지나간다.

복수초에는 이중적인 의미의 꽃말이 있다.
바로 슬픈 추억과 영원한 행복이다.
복수초는 이름 자체에 복과 장수의 바람을 담고 있기도 하다.

꽃을 피울 때 더운 열기로 눈을 녹이는 복수초는 설연화, 원일초,
얼음새꽃, 눈색이꽃 등 다양한 이름을 갖고 있다.
눈 속에서 새싹과 줄기가 움터 올라 줄기 끝에
노란색 선명한 꽃을 피운다.
꽃잎이 노란 연꽃처럼 피어 황금 꽃잔 같다.

우리나라 제주도와 중남북부 지방에서 자란다.
복수초의 학명은 아도니스Adonis, 그리스 신화에 나오는 미소년이다.
복수초는 이른 아침에 꽃잎을 닫고 있다가
일출과 함께 꽃잎을 점차 펼친다.
오후 3시가 지나면 꽃잎을 다시 오므린다.
활짝 핀 복수초를 감상하려면 오전 11시부터가 가장 좋다.
그것도 날이 흐리면 보랏빛 꽃포에 쌓여서 신방의 커튼을 내리듯
꽃잎을 조용히 오므린다.
가히 군자의 꽃이라 할 만하다.

내 삶의 봄날도 서서히 가고 있듯
그렇게 또 하루의 봄날은 가고 있다.

창문을 열어라

오늘을 위한 콘서트

'오늘 이 순간은 새것이다

오늘은 최선의 날이다'

미국 시인 에머슨의 말이다.

어제는 지나왔고 내일은 아직 오지 않았다.

지금 이 순간도 지나간다.

순간도 찰나도 변하고 사라진다.

동천에 보름달이 떴다.

찰나, 이미 그 달은 그 달이 아니라고 말하지 않던가.

이 허무의 심연에서 허우적거리는 나는 누구인가!

멀리 어디선가 새소리 오케스트라 연주가 들린다.

우리의 삶은 점점이 모인 오늘의 삶이 모여 한 생애를 만드는 것이다.

삶의 연속성에 바탕을 둔 어제와 오늘과 내일은

인과因果의 연속이다.

알베르 까뮈의 허무적인 삶이나

명상을 통한 해탈의 삶이라도 누구나 필경엔 죽는 필멸의 존재이다.
그렇다면 삶의 진정한 의미는 무엇일까.
우리가 살아야 할 이유 말이다.
행복 혹은 성공을 위하여 그것들은 무엇인가.
그 모두가 주관적이고 인생의 의미는 개별성이다.
내 의식의 방황은 언제부터였던가.
그의 부재가 나를 이리도 허무하게 하는 것인가.
인연이란 이리도 질긴 삶의 뿌리인가.

나는 오늘의 이 순간을 위하여 살아야 한다.
촘촘히 빽빽이 오늘을 살아야 한다.
어떤 때는 앞도 안 보인다. 안개만 자욱하다.
앞의 희미한 불빛을 따라가다 그 불빛을 놓친 밤도 있었다.
그래도 죽지 않고 여기까지 살아왔다.

가늠할 수 없는 나의 삶에도 그 누가 계신 모양이다.
참으로 기도드리며 엎드려 조아려야 한다.
저만이 모르는 신이시여, 알 수 없는 나의 신이시여!
그대만 따르겠습니다.

늘 저의 손을 잡아주시고 다독여주던 그대
그대 나의 주인이시여, 나의 찰나 나의 고독
나의 이 순간 허무의 빈 자락까지도

그대 인도하는 대로 저의 삶을 몽땅 내어드리오리다.

세상은 눈물이다, 나의 사랑아!

그대 손 흔들고 가시는 꽃길에

먼저 피는 봄꽃이 벙글고 있다.
꽃들도 그의 부재를 알고 있을까.
만 번이나 더 불러주던 이름
그 목소리 지금도
빈 하늘 붉은 노을로 번진다.

이승과 저승의 먼 거리
나 여기에 있고
그대 먼 그곳에 있어
이 허허한 마음
그대 아침마다 모이 주던 향나무 둥지엔
이제 새들의 발길도 뜸하다.

소파에 기대 나의 귀가를 기다리던
그이가 무척 그립다.
어느 날 고향집 산모롱이
우리 다시 만나 지리산 산나물
들기름에 무치고 된장국 밥상을 마주하고 싶다.

당신의 정원

유명산과 일곱 개의 산봉우리가 겹겹이 턱을 고이고
남한강 두물머리 멀리 보이는 남양주 조안리 계곡
그곳으로 거처를 옮기신
그곳 당신의 정원에는
당신의 사랑하는 아들이 철철이 피는 꽃나무를 심어놓았습니다.

매화나무 후박나무 진달래 철쭉 들국화 코스모스
봄 가을 겹겹이 꽃피우고
새들이 날아와 노래할겁니다.

꽃피고 잎 피면
그대 깊은 잠 깨어
꽃들과 다 함께 노래하리라.

그대 남겨두고 간 짧은 단상 5천여 편과
조국의 산하 유적 등을 탐방하고 수집한
야생화 사진 5만 여장의 필름 중에서
가리고 추려『내일은 아직 많이 남아 있다』와

『손 흔들어 이별을 슬퍼하다』를 출간했습니다.

갈피마다 묻어나는 당신의 흔적
아이들과 내가 속울음 울면서
그대 이승 삶의 무게와 상념들을 엮어
그대 가시는 꽃길에 바치옵니다.

당신을 위한 존경과 사랑이라 여기시고,
그대 맑았던 넋이여 고이 잠드소서.

식목일에 1

봄비가 부슬부슬 내리는 대문 밖 세상은 꽃 천지다.
앞집 담장 위 목련은 구름인지 꽃인지 분간도 안 간다.
개나리는 피어서 온 동네를 노란색으로 물들이고
마당가 목련은 벌써 낙화를 준비한다.
고등학생 손자와 외손자 두 아들과
주말마다 열리는 팔당댐 다리를 건넌다.
당신은 가셨어도 삶이란 이렇게 기막힌
애틋한 연결고리로 이어져 가나 보다.

정 교수 묘소로 가는 오솔길은 봄을 맞아 멋지게 단장했다.
묘소 입구엔 자갈을 깔아서 산길을 새로 만들고
길가엔 벚꽃나무와 산철쭉과 잔디를 심어놓았다.
잔디는 파릇파릇 순을 내고
철쭉도 꽃 기별이 닿은 듯 꽃눈을 비비고 있다.
가끔 뻐꾸기 소리도 들려온다.

산자수명한 이곳 지나던 사람이 우리에게로 다가와서
예봉산 오르는 길이 아름다운 공원으로 만들어졌다며

고맙다고 인사를 한다.

나도 고마운 마음으로 답례를 하고 이곳 주민이냐고 물어본다.

동네에 묘소가 들어서면 온갖 수단을 동원해 반대를 한다는데

그의 유택인 이곳은 그런 일이 없었다.

이웃 인심도 좋고 상수도 보호구역이라 공기도 청정하고

경치도 아름다운 경기도 조안면 조안리 계곡이다.

식목일에 2

묘소 옆 다산농원은 음식 맛도 좋다.

그래서 나무도 심고 외식도 하러 주말마다 그곳을 찾아간다.

그가 잠든 남양주시 조안리 동네는 팔당 상수원 보호지역으로

화학비료나 농약이 허용되지 않아 퇴비로만 농사를 짓는다고 한다.

그래서 땅도 살아 있고 공기도 청정한가 보다.

물빛도 바람도 푸른색이다.

다산농원의 백숙은 무슨 약초를 넣었는지

노랗게 잘 익어 맛이 일품이다.

그의 유택은 그분의 성격처럼 단아하고 깔끔하다.

그이와 함께 우리 가족이 소풍 오는 꿈을 꾼다.

오후에는 청국 콩 삶은 뜨거운 방에서 푹 쉬고 서울로 돌아왔다.

읽던 책이랑 쓰던 원고를 가져갔더라면

자고 오고 싶은 마음이 간절했다.

당신이 그토록 사랑하는 아이들의 삶을 지켜보면서

아름다운 시 한 편이라도 남겨질까?

우리 먼 훗날 다시 만나거든 이별 없는 그런 세상에서

다시 해후를 약속하시지요.

우리가 갈 때는 산새들이 마중 나온 듯 노래하더니
돌아올 땐 해 저문 산길 산새들도 울지 않네요.
새로 심은 키가 큰 진달래가 환한 꽃잎으로
잘 가라는 인사를 합니다.
아이들이 어서 내려오라고 손짓합니다.
봄밤의 별들과 막 벙그는 꽃들과
이 밤 그대 편안하소서.

미당 100주년 기념 시낭송회

오늘 낮, 미당 서정주 시인 탄생 100주년 기념 시낭송회가
서울시 동작구 사당동 서정주 생가에서 있었다.
미네르바 작가회가 주최한 이 행사는 그분의 제자들과
한국문인협회 문효치 이사장이 함께 주관했다.
여러 중견시인들과 여류 시인들이 많이 참석하였다.
그분의 안부가 궁금한지 참새들도 찾아와서 함께 노래한다.
담장을 넘어 내다보는 노송 한 그루는 손을 뻗어 먼 하늘을 기웃거린다.

소나무도 그 분의 이후 소식이 궁금한 모양이다.
시루떡을 해온 산청의 여류 시인이 그분과의 추억을 풀어놓으며
울먹인다. 역시 문인은 혈자보다 법자가 더 소중한 모양이다.
법자와 혈자는 불교에서 쓰는 용어로 혈자는 혈육을 의미한다.
오늘은 그분의 법자들이 모여 그분을 기리는 회상의 날이었다.

돌아가실 때는 친일파니 어용이니 하면서 코끝도 안 보이더니
세월은 허물도 과오도 용서해 주는지 오늘은 많은 시인들이 모여
한 시대를 주름잡은 위대한 시인의 시를 낭송하고 찬미했다.
친일문제 이전에 우리문학사에 그의 존재는 정녕

우리들의 산 그늘임에 틀림없다.

외출에서 돌아온 우리 집 대문 안에는 복사꽃이 주단을 깔아놓았다.
정 교수의 꽃밭에는 새싹이 아무 일 없는 듯 자라고 있다.
정 교수 계실 때보다 꽃밭을 더 잘 보살피는 아주머니가 계신다.
나 보다도 정 교수 간병을 더 잘해주시고, 혈육보다 더 친밀한 분이다.
그분이 오늘 3층 아주머니와 함께 지난해 낙엽이랑 묵은 꽃가지를
치우고 화단청소까지 하였다.
정 교수의 지난 삶처럼 정원은 환하고 깔끔하다.
영산홍 꽃 멍울이 터지고 다른 꽃들의 키도 쑥쑥 자란다.
그들도 봄맞이 시낭송하는 모습 같다.

봄날은 가고

지난해는 골목 안 개나리가 황금 물결로 흐드러지더니
올해는 그 꽃잎도 시들하다.
벚꽃은 피어서 꽃그늘을 드리우고 떨어진 꽃잎들은
대문 앞 도로 위에 주단을 깔아놓고
그 위에 꽃잎은 또 눈처럼 흩날린다.

조안리 정 교수 유택에는 이른 아침부터 아들 친구들이
수국 화분을 사 와서 묘지에 심어 놓고 아들을 기다리고 있었다.
정오가 조금 넘은 시간, 정교수 친구 월하 선생에게서 전화가 왔다.
떠난 친구가 보고 싶어서 병이 났다던 그분의 목소리다.
이제 겨우 나아서 직접 차를 몰고 일산에서 그곳까지 왔노라고 했다.

아들 진근과 우근은 그곳에서 그분을 만났다.
친구 월하 선생은 술잔을 부어놓고 잔디가 젖도록 울었다고 한다.
월하라는 최원규 선생의 호도 정 교수가 지어 준 것이라고 한다.
생전 잘도 어울리시던 두 분 어찌 서운치 않으셨으랴!
월하 선생께서 많이 우셨다는 전언에 나도 눈시울이 젖는다.

아들은 삽을 들고 빈자리를 정리하고 밭고랑에 들깨를 심었다.
처음엔 옥수수를 심으려고 했으나 멧돼지 때문에 바꾸었다.
어떤 친구는 꽃씨와 상추씨를 사놓고 나와 함께 가자고 연락이 왔다.
이모는 부추를 심어달라고 한다.
시골 오일 장날을 찾았지만 부추 뿌리는 끝내 구하지 못했다.

'무스타키'의 부드러운 목소리가 아지랑이 속을 맴돌 듯 감미롭다.
뒤뜰 정 교수가 가꾸던 꽃밭에도 매화꽃은 피어 만발하다.
봄비는 촉촉이 내리고 꽃잎은 또 젖어 우는 모습이다.
젖은 꽃들의 아름다움이 새처럼 애처롭다.
진달래는 피어 만발하고 조금 늦게 피는 꽃나무들은
그 순번을 대기하듯 꽃 피울 시간을 기다리고 있다.
그렇게 봄날은 가고 세월도 간다.

이별 후 100일째

우리 부부는 30년 동안 일요일마다 종교행사에 참석하곤 했다
그런데 오늘은 법회를 열지 않는다고 한다.
근 30여년 이후 처음으로 쉬는 날이다.
메르스(MERS, 중동호흡기증후군)란 전염병 때문에 온 나라가 들썩인다.
그 이유 때문인지 문자메시지로 오늘은 법회가 쉬는 날이라고 했다.
그 스승님도 이제는 80대 후반이시라
예전처럼 불을 토하는 사자후의 법담도 없다.
일요일이라 혼자인 집안은 할 일이 없어진 듯 허전하다.
수억천 겁의 인연이 있어야 부부의 인연으로 만난다더니
그가 없는 집안은 적막하기 그지없다.
그의 말소리 그의 숨소리 그의 발자국 소리 모두가 그립다

창 앞에 4칸의 새 집을 현대식으로 주문 제작하여 향나무에 걸었다.
하동 방아섬에서 사온 좁쌀과 쌀을 모이로 준 지 3일째인데
새들은 안 온다. 그들도 자연이라 안 오면 어쩔 수 없다.
정 교수 계실 땐 참새들이 떼로 몰려와 박새, 어치, 직박구리,
비둘기 등 많은 새들이 모이를 기다리고 있었는데….
그들도 자기를 사랑하는 사람인 줄 아는지

포르르 포르르 날개치며 잘도 오더니
주인이 떠난 줄을 아는가보다

일요일은 새의 집도 사람의 집도 온통 비어 있다.
발코니를 새로 만들어 창만 열면 모이를 줄 수 있는 구조로 바꿔
낯이 선 탓일까.
엊그제 찾아온 한 시인이 쇠고기 기름 살을
나뭇가지에 걸어두면 새가 온다고 했다.
드나들던 아이들도 뿔뿔이 운동을 가고 혼자 가게
초록마을로 나갔다.
쇠고기 파는 점원도 쉬는 날이다. 배달할 물건만 사놓고 내일 아침에
주문한 쇠고기 기름도 함께 보내달라고 했다.

새벽 4시를 훌쩍 넘은 시간 나보다 늦게 잠깬 새들은
무슨 소식들인지 높은 나뭇가지에서 신호를 보낸다.
세미나다, 계모임이다, 동아리 모임이다 하며 새들도 하루가
무지 바쁜 모양이다. 하기야 사람도 유치원생이 더 바쁜 세상이라니.

오늘은 정 교수와 따로 살아본 지 꼭 100일째 되는 날이다.
그날 새가 와서 놀던 뜰 안의 원추리 꽃이 피었다.
혹시 그날처럼 새들이 와 줄까.
내 기다림의 세월을 조금이라도 덜어줄까!

허공은 짝이 없다

우리 가정은 불교 집안이다.
시어머니는 대도화보살이란 법명으로
지극하게 부처님을 봉양하신 분이다.
나도 친정 어머니를 따라 절에 가던 유년의 기억이 새롭다.
해인사 백련암이란 암자를 일 년에 두어 번 찾아다니면서
성철스님을 따라다닌 적도 있었는데
그것은 같은 고향으로 연루되었기 때문이다.

고향 뒷산의 도솔암이란 암자에 성철스님도 잠시 기거하셨고
그의 외동딸 불필스님과 함께 백졸스님 혜춘스님 세 분이
기거하실 때였다.
내가 여학교를 막 졸업하고 그 산사에서 함께 지냈다.
그때가 50년대 말엽이던가.
사라호 태풍이 와서 부산의 집 시멘트 담벼락이 넘어지던 해였다.
그 여름 불필스님께서 나를 찾아오셨다.
눈빛이 유난히 반짝이던 스님은 절 생활을 같이 하면 좋겠다고
먼 곳 산청에서 부산까지 나를 찾아온 것이다.
하지만 그때 나는 출가하지 못했다.

출가란 게 그렇게 쉽사리 결정할 문제가 아니었다.
얼마나 많은 고민과 고뇌 끝에 결론지을 문제였던가.
부모님 허락도 안 되었지만 내 마음도 그렇게 내키지 않았다.
그래서 늘 이승의 삶과 죽음이란 문제에 대해서 번민하며
현세의 아기자기한 환영 속에서 허망한 세월을 다 보냈다.

허공은 짝이 없다.
붓다의 말씀대로 불생불멸은 생과 사가 없다는 금강경의
법구경에서 수천년 설파해 오신 경전이지만
범부인 나에게는 우이독경으로 들어넘겼다.
나의 몸 반쪽을 저 먼 곳에 보낸 것도 생이고
내가 살아 있는 것도 엄연한 생이다.
중생의 저 깊고 깊은 무명이여.

원형질의 삶에게로

불교를 바탕으로 진리탐구, 삶의 미로를 찾아
원형으로 가는 나의 마음을 무채색 공부라 할까.
그런 공부 행사를 2박3일 일정으로 양평의 콘도에서 보냈다.
대우선사와 법담을 나누면서 혼도 나고 제재도 받으면서
황홀한 이승의 호사를 누렸다.
정교수의 지경之卿이라는 호는 초정 김상옥 시인이 지어주셨고
무행無行이라는 법명은 대우선사가 내린 것이다.

30년을 길들여온 불교가 아닌 불법, 그 공부를 마치고 돌아오는 길에
도반에게서 선물 받은 홍매화 백매화 몇 그루를
정 교수 유택에 심어놓으려 묘소에 들렀다.
꽃나무 심는 일을 마치고 잠시 쉬는 틈에
묘소 입구 우체통에 손을 넣었다.
갑자기 새 한 마리가 기겁을 하며 날아간다.
주인 없는 우체통에 다시 손을 넣었다.
두 개의 둥지 안에 새알이 가득 들어 있었다.

아아! 부처님도 놀랄 이 생명의 아름다운 연결!

어미 새가 얼마나 놀랐을까.

안쓰러운 어미 새는 나무 가지 위에서 나를 내려다 보고 있다.

마음을 서둘러 그곳을 내려와야 했다.

정 교수 묘지 옆에 길게 줄지어 피어있던 벚꽃은 벌써 지고 있었다

정 교수 이승에 계실 때

봄 가을로 선대묘소의 성묘 행사는 빠지지 않고 다녀왔었다.

나도 그에게 인사말을 전하며

그곳을 총총히 내려왔다.

아! 나도 돌아가리라

그 원형질의 삶에게로

하늘은 여전히 푸르고 심어놓은 꽃들은 붉은 입술을 내밀고 있다.

알을 품고 있던 어미 새와, 아직 제대로 착지하지 못한 표정의

주목 한 그루와 키가 작은 소나무 한 그루가 자꾸만 마음에 걸린다.

돌아보고 또 돌아보고, 계곡의 바람소리만 그대 잘가라 인사를 하네.

골목의 '낭만'에서

12시에 운현궁 골목의 '낭만'에서 장석주 시인과 점심을 먹었다.
지금 막 출간된 『누구나 가슴에 벼랑 하나쯤 품고 산다』와
『너무 일찍 철들어버린 청춘에게』 신간 두 권을 선물 받았다.
장석주 시인은 우리나라의 몇 안 되는 '시인 중의 시인'이다.
엊그제 경남 산청의 내원사 정 교수 49재 행사에 참석한 것이
인연이 되었다.

1979년 조선일보와 동아일보 신춘문예에 시와 문학평론이 당선되고
시인이자 비평가, 출판기획자, 방송진행자, 대학교수,
칼럼리스트 등으로 활발한 활동을 하는 그는
보기 드물게 겸손한 베스트셀러 작가이다.

『누구나 가슴에 벼랑 하나쯤 품고 산다』 서문 중 일부를 옮겨본다.

> 모호하고 불확실한 것들 속에서 솟구쳐 오른 새들.
> 옥타비오 파스의말마따나 시는 '기도이며 탄원이고 현현이며 현존'이다.
> 시는 아무런 실용적 이득도 주지 않더라도 성찰의 빛으로 우리의
> 잿빛 영혼을 화사하게 만드는 바가 있다. (중략)

> 시인은 떠도는 '바람 구두'이고 시는 '바지를 입은 구름'이다.
> 미래를 누설하는 태만에 빠진 시인들이 쓰는 시는 자기의 것이 아니다.
> 폴 발레리는 시의 첫줄은 '신이 주는 것'이라 했고,
> 라이나 마리아 릴케는 '침묵이 무언지를 안 뒤
> 다시금 말하는 힘을 얻은 입들'이라고 쓴다. 이 침묵의 언어는
> 시인이 아니라 자연의 입, 신의 입에서 흘러나온다. 시인은 다만
> 그 침묵의 언어를 받아 적는 사람이다.

그날은 정 교수가 이승의 마지막 흔적을 지우는 날이였다.
경남 산청 내원사 주변의 경치와 음식도 좋았는데
여승의 바라춤과 인간문화재 지홍선사의 춤도 좋았다.
스님이 직접 그이의 가는 길을 춤추며 에스코트하는 것 같아
눈물이 났다. 그날 바쁘신 그분의 동참이 고맙게 느껴졌다.
동행에서 만난 서지학자 윤길수 선생과 이야기도 나누며
부드러운 봄바람에 꽃향기 분분한 노상 카페의 커피 맛도 좋았다.
가장 시를 잘 쓰는 대한민국의 장석주, 대한민국의 서지학자 윤길수,
한 장르에서 일가견을 이루며 살아온 이들을
골목의 '낭만'에서 만남은 기분좋은 일이다.
그러나 어떤 이유에서든 그 시인은 지금은 나와 멀리 돌아서 있다.
인연이란 함부로 이어지는 것이 아닌가 보다

정보화 시대와 가이아 이론

멀리 있는 친구에게서 카톡이 온다. 여행 중이란다.
멀리서도 이렇게 돈도 안들이고 실시간으로 대화를
할 수 있다니 참 좋은 세상이다.

농경사회 만년에다 산업사회 이백년 남짓
정보화사회 백년으로 진입한 지가 어제인데
지금은 아침저녁으로 초침이 달라지는
팽팽한 과학문명의 로봇 시대에 살고 있다.

하루만 방심해도 캄캄한 세상에 사는 듯하다.
뛰는 놈 위에 나는 놈 있다더니 과연 그렇다.
여차하면 뒤쳐져서 따라잡을 수가 없다.
조석으로 변화하는 정보의 홍수에 정신이 없다.
과학과 문명이라는 이름으로 파놓은 구덩이에 인류는 포위돼 있다.

제 발에 제가 걸리어 물질이 인간을 지배하는 시대다.
최악의 경우 인류 멸망까지 갈 수 있다고 전문가들은 말한다.
인류가 만들어 놓은 이 문명이 과연 인류에게는 월계관일까?

아니면 발목을 잡는 올가미일까?

2009년 코펜하겐에서 열린 기후변화협약 국제회의에서
바다의 산성화, 오존층의 감소, 도시의 확장으로 인한 자연의 축소,
화학적 오염 물질과 미세 먼지의 축적과 같은 영역들을 지적했다.
문명화와 산업화가 가중시킨 자연의 파괴 등
인간의 이기주의 편의주의에서 비롯된 문제들이 인류를
파멸의 길로 이끌 것임을 경고하고 있다.

그러나 『가이아 이론』*에서는 지구 멸망을 부정한다.
다만 만물의 영장이라는 오만에 빠진 인류는 그 재앙 앞에
무릎을 꿇어야 할 날을 두려워해야 할 것이다.

* 『가이아 이론』은 프랑스 장르문학계에서 주목받고 있는 젊은 작가 막심 샤탕의 추리소설. 생물학, 유전학, 사회학, 인류학, 경제학, 심리학, 역사학 등 다양한 측면에서 인간 폭력의 원인을 심도 있게 분석한 소설이다. 제목 '가이아 이론'은 1972년 영국의 대기화학자 제임스 러브록이 발표한 것으로, 지구는 스스로 생존능력을 지닌 살아 있는 생명체라는 주장이다.

방아섬에서

진교 톨게이트를 지나 하동 끝자락 술상리 포구는 한적하고 평화로웠다.
남도의 바다는 언제 봐도 아름답고 상큼하다.
가닥가닥 작은 섬을 안고 있는 바다는 젊은 어머니의 앳된 모습이다.
서울에서 타고 온 승용차는 술상리 포구에 주차해 놓고
작은 배를 타고 5분 만에 도착한 곳이 방아섬이다.
억겁의 세월을 갈무리한 채 그 자리에 솟은 방아섬은 수수하고 소박했다.
토끼가 방아 찧는 모습을 닮았대서 붙여진 그 섬은 개인 소유이다.
얼마나 아름다운가! 토끼가 방아를 찧는 전설 같은 이름의 섬.

그 안주인은 건강식품에 대한 설명에 열을 올린다.
모든 식재료는 그곳에서 재배한 유기농이라며 자부심이 대단하다.
미역, 죽염, 함초, 우엉차 등 건강식품을 판매하기도 한다.
짐을 풀고 수면 가득 연초록 온기를 풀어 놓는 섬 주위를 둘러보았다.
섬의 숲 둘레를 한 바퀴 도는데 약 한 시간이 소요된다고 한다.
혼자 걷는 숲길은 좀 무서웠지만 나는 혼자 섬을 한 바퀴 돌았다.
나는 또 정 교수 생각에 목이 메인다.
같이 왔으면 얼마나 환희로워 했을까.
꽃을 좋아하고, 산을 좋아하고, 바다와 섬까지 사랑했던 그는 자연 앞에 언제나 환희롭던 자연인이었다.

산 아래 둘레는 모두 바다인 외로운 섬이다.
공기가 맑아서 기분이 상쾌하고 편안한 느낌이다. 빈 집들도 있다.
항아리들도 그대로 살고 간 옛사람의 흔적으로 남아 있다.
그늘에 잠긴 숲은 어둑하고 바람도 포근했다.
어느 스님의 고독한 섬의 일상을 글로 읽은 적이 있는데
그렇게 소금기 어리고 견디지 못할 정도의 낯선 곳은 아닌 것 같다.

이 작은 섬에 한 채밖에 없는 방아섬 통나무집은 뒤로는 산을 두르고
앞에는 넓고 아득한 바다다.
조금 있으면 달이 뜨고 밀물이 들어올 것이라 한다.
길게 누워있는 너럭바위에는 하얀 굴 껍질이 수없이 박혀있다.
바위는 굴곡 많은 삶처럼 울퉁불퉁하다.
저 바위에 새겨진 사연들은 무엇인지 억겁의 세월이
흘러도 그대로 침묵이다.
장 샹폴리옹의 로제타석처럼 해독할 수 없는 것일까.
이집트를 해독할 수 있는 키였던 로제타스톤처럼 저 바위의 사연을
해독할 수 있다면 얼마나 많은 사연들이 숨겨져 있을까!
슬픈 사연이 전해지듯 가슴이 아려온다.
파도는 밀려왔다 밀려가고 저녁 해는 섬 모퉁이에서 서성이고 있다.
섬은 누군가를 그리워하는 외기러기를 닮았다.

모란은 피고 지고

꽃밭 주인이 떠나고 안 계시니까 꽃들도 일제히 정신이 드나보다.

꽃들은 더 예쁘게 피고 더 숙연하게 진다.

꽃중의 꽃 모란이 꽃망울을 터트리고 있다.

그가 가장 사랑하고 좋아하던 꽃이 모란이다.

우아하고 탐스러운 꽃 중의 꽃

그 누구도 범접하지 못할 우아함과 기개가 보인다.

모란은 붉은 빛으로 꽃과 향을 퍼트리며 온 집안을 환하게 비춘다.

뒤뜰의 모란은 벌써 지고

종류가 다른 홑잎의 모란이 창 앞에 피어 만발하다.

모란은 쌍떡잎식물 미나리 아재비과 낙엽관목으로

목단牧丹이라고도 하고

설총의 『화왕계』에서도 꽃들의 왕으로 등장한다.

이와 같은 상징성에 따라

신부의 예복 원삼이나 활옷에는 모란꽃이 수놓아졌다.

선비들의 그림에도 부귀와 공명을 염원하는 뜻으로 모란꽃을 그리고

왕이나 왕족 여인의 옷에도 모란 무늬가 들어갔다고 한다.

사대부의 안방에도 부귀영화를 누리라는 뜻으로 모란화가 걸려있고
기명화에서도 모란은 빠지지 않는다.
또 가정의 병풍에도 그려 넣고, 미인을 평함에도 모란꽃에 비유했다.
부귀영화를 상징하며
왕자의 품격과 행복한 결혼에도 두루 쓰인다고 한다.
한 마디로 부귀와 영화, 은혜와 존경의 뜻이 포함된 꽃 중의 꽃,
으뜸이라 하겠다.
모란에 관한 이야기 중에는 신라 선덕여왕의 일화가 유명하다.
당나라 태종이 선덕여왕에게 모란도와 모란의 씨를 보내왔다.
당시에는 모란이 없었던 때라 신하들은 어떤 꽃인지 몰랐다.

그런데 선덕여왕은 그림을 보자마자
"이 꽃은 향이 없을 테지요"라고 말했다.
신하들이 직접 심어 확인해 본 결과 정말 향이 없었다.
당 태종이 혼자 사는 자신을 조롱하여 보기는 좋지만 향이 없는
"여자로써 매력 없는 사람"이라는 뜻이라 선덕여왕은 이해했다.
그러나 선덕여왕은 감정적이 아니라 아주 우아한 방법으로 응대했다.
분황사 절을 지어 모전석탑 안에 모란도를 봉안한 것이다.
선덕여왕이야 말로 모란꽃 같은 여인이 아니었을까!

저렇게 탐스러운 부귀의 꽃이 향이 없다면 얼마나 섭섭한 일일까.
모란 옆에 서면 천상의 소리가 들리듯 그 향은 은은하고 그윽하다.
요즈음은 향도 개발한다고 한다.

키가 큰 나뭇잎들은 정오의 햇살을 받으며 연둣빛 그늘을 지우고
오늘은 가지를 흔드는 바람도 날아오는 새도 없다.
주인을 잃어버린 꽃들에게 꽃대를 세워줘야 하는데 나는 망설이고
있다. 그가 없는 세상은 아직도 자신이 없기 때문이다.
창 너머로 보이는 꽃나무들은 그래도 무럭무럭 잘 자라고 있다.

웃담 아랫담

집수리로 집안은 온통 아수라장이다.
아직 공사 날짜가 일주일이나 남아있다.
그가 가시고 없는 휑한 공간을 나름대로 의미있게 이용하고픈
속셈이다.
공사를 벌여 놓고 아들집과 딸집을 전전하고 있다.
웃담 아랫담 가까이에 딸과 아들과 한 동네 살고 있다.
며느리 집은 윗동네라서 아무래도 아랫담 딸 집에 많이 머문다.
사람들은 자식들을 팔 가까이에 거느리고 살고 있는 나를 부러워한다.

며느리와 딸은 흘러간 노래도 들려주고 온갖 정성을 다한다.
어느 때고 새벽이면 구석방 컴퓨터를 찾아온다.
집안 환기도 시켜놓고 하루를 시작하는 문을 여는 것이다.
일곱시면 공사하는 사람들이 모여든다.
오늘은 욕실과 부엌가구가 들어오는 날이다.
한 달 간의 집수리 기간이 너무 지루하다.
계획도 없이 그냥 시작한 것이라, 자식들에게는 철없는 엄마로 통한다.

친구는 무엇 때문에 수리를 하느냐고 핀잔이다.

그래도 나는 생각이 다르다.
그가 가고 없는 빈 공간을 휴식공간으로 만들고 싶은 마음이다.
친구들이 놀러 와서 차도 마시고 음악도 즐기고
그들과 마주앉아 옛날을 두런두런 얘기하리라.

혼자인 집을 살림집보다 휴식공간이자 문화공간처럼 만들고 싶었다.
그 분 49재 지나고 곧바로 집수리에 들어간 것이다.
집안은 온통 책들이다. 내 책 그의 책, 책의 홍수다
교육 서적이라든지 문예 월간지 등 책들이 너무 많다.
제자들이라도 와서 교육 서적을 가져갔으면 하지만
요즈음은 책의 시대가 아니다.
그래서 고민하다가 어느 미술고등학교에 기증하기로 약속했다.

거실 한 면에는 이중 서고를 만들어 중요한 책들은 보관하기로 했다.
정 교수 유학 시절에 달러 빚을 얻어서 구입한 교육 서적도 있다.
그런 귀한 책들은 내가 살아 있는 한 보관할 것이다.
그분의 손때가 묻은 책들과 세 권의 수상집, 장학론 같은
12권의 교육 저서도 대대로 진열 보존될 것이다.
내 시집 9권과 금속활자 공판 시선집『거울과 향기』납 글자도
진열하려고 한다.
집 문패는 2015년 6월에 창간되는 한국문학의 본산지를 꿈꾸는
문학잡지『22세기 시인들』이란 지경문화재단(JK&U partners)으로
달 것이다.

내 꿈은 작은 문학공간으로서의 열린 집을 만들고 싶은 것이다.
정담과 음악과 문학을 공유하는
아름다운 나눔의 장소가 되기를 염원해 본다.

점심 초대를 받고

노부부가 사는 집에 점심 초대를 받았다.
늘 웃는 인상으로 평화롭게 사는 그들은 피아노를 전공했다.
아파트 동과 호수를 듣고 찾아가는데 벌써 마중 나온다는 전화가 왔다.
너무 친절해서 미안한 생각이 든다.
나는 어쩔 수 없이 그 자리에 서 있어야 했다.
아파트 숲에서 이리저리 헤매다 나오신 분과 만나
댁으로 들어갔다. 집은 좁지만 깨끗했다.

식탁엔 막걸리와 갈치조림, 소고기볶음, 깻잎장아찌, 오징어젓갈,
북어장국, 국물김치, 오이소박이, 김 등이 차려져 있었다.
소박하고 싱겁고 단아한 밥상이다.
음식점 식사보다 깔끔하고 배도 부르지 않고 좋았다.
기품있는 노 부부의 초대가 나를 행복하게 한다.
삶에서의 인연은 중요하다.
기품과 절도와 배려가 있는 이런 만남은 늘 우리를 행복하게 한다.

한국은 손님이 오면 식당에 가서 푸짐하게 대접하지만
서양에서는 귀한 손님일수록 집으로 초대하여 식사하는 것을 즐긴다.

그들의 친절과 한없는 배려는 우리에게 늘 귀감이다.
예전에 미국에서 친구 초대를 받은 후에 알게 된 일이다.

나는 시내에 처음 나온 사람처럼
지하상가에서 수영복, 양말, 머리띠도 샀다.
그리고 매일 드나드는 헬스장을 들러서 나오니 저녁시간이다.

음식점마다 사람이 들어차고 문 앞에는 줄을 서서 기다리고 있다.
요즘 젊은 사람들은 아예 집에서는 밥을 안 해 먹는단다.
며느리는 주말여행을 떠나면서 혹시 내가 집에 들르면
'햇반'을 준비해 놓았으니 필요하시면 데워서 잡수라고 부탁한다.
내 젊은 시절엔 손님이 오시면 집에서 분주히 음식을 만들어
대접했는데 요즘은 외식 문화 시대라서 주부가 참 편한 세상이다.
격세지감이다.

헤르만 헤세Herman Hesse

그의 전기를 썼던 〈위고 발〉이
"찬란한 낭만주의 대열의 마지막 기사騎士"라고 평했듯
우리 영혼을 파고드는 그의 작품의 낭만성을 어이 배재할 수 있으랴!
그의 글에서는 한없는 인간적인 냄새가 풍겨 나온다.
항상 청춘을 그리워하며 이성을 향한 동경이나
그리움이 안개 속 수채화처럼 아름답던 그의 문장들
나도 한때 그의 작품『싯다르타』를 몇 번이나 읽었던 기억이 난다.

헤르만 헤세(1877. 7. 2~1962. 8. 9)는 독일계 스위스의 시인이자
소설가, 화가이다.
헤르만 헤세는 거주지를 옮길 때마다 우아하고 고급스런 정원이
아니라 마치 텃밭을 연상하는 힘든 노동을 수반하는
그런 정원을 가꾸고 살았다.
그에게 정원은 복잡하고 냉정한 문명으로부터 벗어나
자연의 리듬에 몸을 맡기고 영원의 평화를 지키는 장소였다고 한다.
헤세는 정원에서 쉬면서 관찰하고 생각하였고
일구고 가꾸는 노동을 통한 즐거움 속에서
정원은 문학 작품으로 결실을 맺는 다양한 비밀들을

발견하는 장소였다는 것이다.

한 곳에 머물며
고향을 갖는다는 것, 꽃들과 나무, 흙, 생물과 친해진다는 것,
그는 정원으로부터 세상에 대한 사랑을 시작하며 평화를 지속한 것이다.
그는 40세 나이에 그림을 시작하였다.
그림을 그리는 것이 사람을 더 즐겁게 하고 참을성 있게 만들며
그림 그리기의 무아경에 들 때의 귀중한 체험은 소중한 일이라고 했다.
그림을 보면 볼수록 편안하고 또 다른 이상을 꿈꾸게 된다고 했다.

헤세는 조현병에 걸린 부인과 함께 세 아들을 키우느라 고생했는데
부인의 병이 걷잡을 수 없게 되자 부인을 요양원에 맡기고
아들은 친구에게 입양시켰다.
그 후 스위스로 이주한 헤세는 낮에는 명상을 하고 밤에는 글을 썼다.
그 시기에 산책도 하고 정원도 가꾸며 풍경 수채화를 즐겨 그렸고
부처가 생존할 당시의 인도를 배경으로 소설 『싯다르타』를 썼다.

무엇이든 그냥 되는 것은 없다.
끊임없이 사고하고 사색하며 인생의 깊은 성찰로 글을 썼던
헤세가 후세 사람들이 가장 존경하고 받드는 영원한 시인이자
우리들의 영원한 연인이지 싶다.
그는 우리 기억 속에 수채화처럼 맑고 아름다운
많은 작품을 남기고 『유리알 유희』로 노벨문학상까지 받았으니 말이다.

백자항아리

사람들은 작은 바람에도 흔들리며 그래도 목에 힘주고 살아간다.

거미줄 같은 인연에 매여서 한서고락 널 뛰듯 살아간다

의식의 끄트머리 그림자로 살아간다. 나는 누구인지? 왜 사는지?

이런 철학적 의미의 물음이 아니어도

우리는 풀꽃처럼 흔들리며 살아간다

그래도 세상은 살아볼만한 세상이 아니던가 .

예술이 있고

낭만이 있고

눈물이 있고

인정도 있어

그런대로 세상은 아름답다.

찬연히 아름답다

새벽 5시,

막사발의 도예인 장금정 여사와 함께 경남 진교 새미골로 갔다.

손자가 키우던 애완견 두 마리를 그 집에 선물하기로 하였다.

집수리 후에는 손자 집도 우리 집도 강아지 두 마리를 키우는 게 불가능하기 때문이다.
아침 8시 40분 그곳에 도착한 우리는 지난밤 잡아 올린
도다리로 미역국을 끓여 아침식사를 했다.
어촌마을의 아침 풍광은 아름다워서 먼 그리움을 자아내기도 한다.
귀한 손님과 다시 오고 싶은 곳이다.
멀리 섬들이 그림자로 떠있고
빨간 우체통처럼 생긴 작은 등대가 손을 흔든다.
갈맷빛 바다는 연신 흰 파도로 다가오고……

화장실 형광등 불빛 아래 하루 종일 갇혀서 살던 강아지는
빨강 파랑 두 개의 집에 까만 눈만 내놓고 고속도로를 달려왔다.
강아지들이 이런 장거리 여행을 한 것은 처음이다.
수리중인 집에서 키울 수가 없어 새 주인을 찾아가는 것을 아는지
강아지는 눈물이 핑 돌아 눈썹이 젖어 있었다.
이곳 맑은 초원의 숲에다 강아지 집을 만들어 그곳에서 키우기로 했다.
나는 눈물이 마를 때까지 아기처럼 한참을 가슴에 안고 있었다.
그곳에서 일하는 사람들마다 부탁의 말을 전하고 돌아보고
또 돌아보며 왔다. 정이란 이리도 가슴 아픈 것이구나

오는 길에 백옥같이 하얀 큰 백자항아리 두 개를 선물로 받았다.
어느 귀한 집으로 가려던 것이 제 주인을 만났다 한다.
장항아리보다 더 크고 눈이 부시다.
이 세상 어디에 두어도 자기 작품이니 우리 집에 진열하자는

장금정 여사의 당부다.

삽으로 흙까지 푹 떠서 노란 연꽃 두 포기를 오래된 장독 뚜껑에 심어서 준다. 그분도 잘 가라는 인사가 없었다. 나도 말없이 그냥 왔다.

이럴 때 쓰는 말을 이심전심이라 했던가.

가져온 백자항아리의 옥 같은 흰빛이 온 거실에 가득하다.

TV드라마 〈불의 여신 정이〉와 〈대장금〉의 도자 그릇들이 장여사의 작품이라 한다.

막사발의 거장 장금정 도예가의 작품이 우리 집을 환하게 빛내고 있다.

그 환한 풍경 앞에 나의 졸시 「백자항아리」를 바친다.

너는 조선의 눈빛
거문고 소리로만
눈을 뜬다

어찌 보면 얼굴이 곱고
어찌 보면 무릎이 곱고

오백년
마음을 비워도
다 못 비운 달 항아리

– 허윤정 「백자항아리」 전문

오해와 진실
— 잘 가라, 친구야

기억도 먼 날, 어느 후배 문인에게
집이 어디냐고 물었더니 동부 이촌동이라고 했다.
내 부자 친구가 사는 동네라 '아이구 재벌이네' 했더니
이 친구 귀에는 '제법이네' 하고 들렸다고 한다.
내 경상도 억양을 그가 잘못 오해한 것이다.
그날부터 몇 십 년을 자기를 무시하는 사람으로 오해하고 살았다 한다.
이제 와 오해가 풀렸으니 망정이지
변명도 못하고 참 어처구니없는 일이다.

그것 말고도 세상사는 동안 말의 실수로 빚어진 일이 얼마든지 있다.
미국 펜실베이니아에서 친구가 연세대 강의 차 한국에 나왔다고
카카오톡이 왔다.

우리 집 쓰지 않는 방을 렌트해 줄 테니 집에 와서 머물라고 했더니
학교 옆에 호텔이 정해졌단다.
그 후 바쁜 일정 때문에 카카오톡을 열어볼 여가가 없었다.
비로소 오늘 아침에 그의 글들을 볼 수가 있었는데
그가 떠나는 날이다.

그는 렌트를 안 받아 줘서 내가 삐진 줄 알고
여러 차례 대화 시도를 했지만 나와 연락이 안 되었던 모양이다.
나는 단순히 재워준다는 이야기였는데 다른 사람에게
렌트를 알아봐 준다며 너무 미안해하는 글들이 줄줄이 왔다.
문제는 그 친구를 못 보고 돌려보내는 안타까움이다.
멀리 온 친구를 배려해주고 싶은 마음이었는데 본의 아니게
우리들 사이에 대단한 오해가 생긴 것이다.

내가 바쁘게 글을 보내도 그 친구는 글을 안 보는 아침이다.
이 생각 저 생각으로 공연히 속이 상한다.
이건 아닌데 내 호의가 어디로 가고 오해의 소지만 남겼다.
먼 데서 관악산 뻐꾸기 울음소리가 들린다.
그들이 서울대 교환교수 시절 호암기숙사의 관악산 중턱에서
담소를 나누던 일이며 21일 간의 미국 동부횡단 때도
우리들을 반갑게 맞아주던 친구다.
정성껏 싸 주던 도시락의 그 새파란 시금치 색깔을
아직도 잊을 수 없다 .
내 마음은 그대에게 좀 더 친절하게 잘 해주고 싶었는데
미안하다!
친구야 잘 가라.
너는 내 슬픔을 모르는 채 미국으로 돌아갔으리라.
쌍월이 내 친구 안녕!

창문을 열고

뒤로 난 창문 너머 새소리에 잠이 깨었다.

처음으로 창문을 열어놓고 잤다. 새소리가 많이 들리는 아침이다.

우리 집 뒤뜰도 작은 숲이지만

앞뒤 이웃집의 정원수들이 어울려 숲속의 집처럼 나무가 우거졌다.

정 교수가 가신 이후로 아직 새가 오지 않는다.

나뭇가지에 달아 논 쇠기름과 모이가 오래되었다.

오지 않는 새를 계속 기다려야 하는 내 처지다.

정 교수 계실 때는 잘도 오던 새들의 발길이 끊겼다

내가 그이만큼 새들을 사랑하지 않는가 보다.

서운한 마음 이를 데 없다.

어찌 저 미물들이 정 교수 부재를 안단 말안가.

이웃 빌라촌과 개나리 담 너머 숲에서 늘 들려 오던 새들의 소리.

정 교수 생존시엔 분명 그들의 소리는 노랫소리였다.

나름대로 삶을 찬미하는 해맑고 즐거운 그들의 노래였다.

정 교수 유택에는 손주가 소나무를 타고 올라가 새 둥지 두 동을

달아 놓았다.

봄이면 새들의 노랫소리 들으며 그이 잠도 깊으리라.

뒤뜰의 늙은 매화나무는 매실이 많이 달려있다.
해마다 정 교수가 매실을 따 주었는데
오늘은 함께 계시는 분이 매실을 따서 매실주를 담그겠다고 한다.
정원에서 딴 매실로 담근 매실주를 올해는 뉘와 같이 마실 수 있을까!
그의 빈자리가 하늘만큼 크다.

이영학의 새떼

오늘은 인사동 한국미술관의 묵향회 전시장에 가기로 했다.
가을 해외 전시회 출품 작품의 사진도 찍고
또 서울 사간동 현대화랑 이영학의 새떼를 보러가야 한다.
그는 김해 태생으로 서울대 조소과를 마치고 동대학원을 거쳐
이탈리아 로마에서 장식미술까지 공부한 내공이 튼실한 실력파 작가다.
그가 만지면 낫, 도끼, 가위 등 전통 연장이 새가 되어
비상한다는 그곳으로 가야 한다.
이달 28일까지 전시 기간이라고 한다.
특이한 것은 낫, 도끼, 끌, 톱, 가위, 연탄집게, 숟가락, 국자 등
전통의 연장을 이리저리 맞추어 새를 만들었다고 한다.
나는 그와 친근한 사이가 아니다. 그런데도 그의 조각전을 보고 싶다.
그가 만든 새떼들을 만나보고 싶은 것이다.
내가 왜 새를 그렇게 좋아하는지 나도 잘 모르겠다.
옛날 관악산 밑 서울대 후문 쪽에 살 때
그 마당의 감나무와 매실나무를 나는 지금도 잊을 수가 없다.
그 나뭇가지에 새들이 많이 와서 시끄러울 정도였다.
뜰 안에서 일찍 피었다 지는 매화 꽃잎의 분홍색 주단을 밟던
그 황홀한 봄은 이미 지나간 추억이 돼버렸지만

나는 그때 우리 주변을 소란스러우리만치 지지굴대던 새떼들의
아련한 추억을 아직도 기억하고 있는 것이다

십여 년 전 이곳 서래마을로 이사 와서 새소리가 안 들릴까 걱정했는데
그 마음을 알아차린 정 교수가 모이를 주며 새를 불러 모았다.
나는 그에게 고마움을 표시하지는 않았다.
그러나 그는 이미 이심전심으로 내 마음을 알고 있었다.
부부란 그렇게 눈빛만으로도 소통이 가능한 것이다.
뒤뜰에는 커다란 독 항아리들이 모여 있다.

참새와 독 항아리는 그 빛깔과 몸매가 어머니와 내 눈물의 원천이다.
비를 맞은 참새나 독항아리는 촉촉이 젖은 어머니의 눈빛이다.
이 글을 쓰는 내내 멀리서 혹은 가까이서 나뭇가지를 흔들며
새들이 노래한다.
참 상쾌한 아침이다.

편간회

새벽 4시인데 벌써 잠을 깬 창밖의 새들이 부산을 떤다.
5시가 되면 손자 민섭이는 방학을 끝내고 중국으로 출발한다.
그젯밤도 민섭이는 할머니 옆에서 잤다.
우리 집안의 든든한 장손이다.
녀석은 장손답게 얼마나 잘났는지 할머니의 마음을 흡족하게 채워준다.
큰 아들에 대한 기대는 현대를 살아가는 우리에게도 필수다.
큰 아들이 믿음직하듯이
큰 손주 역시 넘치도록 믿음직스럽고 든든하다.
내 시선집『거울과 향기』의 표지화도 녀석의 작품이다.
오늘은 남편의 문교부 시절부터 대학교수 생활까지 함께하고,
정년 후로도 모임을 계속했던 편간회 부부동반 모임이 있는 날이다.
편간회는 문교부 편수국 시절의 동료들 모임이다.
아이들은 아버지도 안 계신데 혼자 모임에 참석하는 어머니가
마음 쓰이는 모양이다.

지난 해 12월 어느 날 제주도의 마지막 가족여행에서 돌아올
편간회회원들을 위하여 정 교수가 사 놓고 간 양주 한 병을 전달하고
그 분들의 옛 정을 위하여 참석을 결심한 것이다.

그런데 모임 장소가 너무 멀다.
북녘 땅이 가까운 연천 신탄리역 부근의 고대산 가든이다.
아침 9시30분이 넘어서야 출발했다.
가던 도중 억수같이 쏟아지는 소나기를 만났다.
동막골을 지나 북녘 땅에 가까워지니 가뭄의 단비도 그친다.

먼저 도착한 정완호 총장과 윤종영 편수관님이 길에까지 나와서
반갑게 맞이해 주셨다.
약속된 시간에 일제히 참석을 완료하고 서로 반가운 인사도 나눴다.
사람냄새가 나고 의리를 존중하며 남을 배려함으로써 사랑의
메아리가 퍼지는 그런 취지의 모임이란 회장님의 인사말이 있었다.
메일과 전화로 연락을 주고받고 약속장소로 가는 도중에도
전화로 안부를 묻는 등 말 그대로 도타운 인정을 느끼게 한다.
정 교수가 편간회에 드리는 마지막 선물인 양주 한 병을 전해드렸다.
참 따뜻한 마음이 전해오는 오리백숙에 와인을 곁들인 회식은
즐거웠다.
그이도 내 옆에서 오늘의 모임을 함께 즐기셨으리라.
즐거운 나들이를 하고 다른 분들은 서울에서 저녁 모임까지 했다.
차편이 다른 나는 다음 모임을 약속하고 집으로 돌아왔다.

화양동 70번지

서울특별시 화양동 70번지는
우리 내외가 딸 3살짜리를 데리고 맨 처음 살림을 꾸린 곳이다.
대문가 등나무가 서 있는 작은 주택이었다.
뒤에는 텃밭이 있고 마당이 넓어 따로 방을 한 칸 만들어
슬레이트 지붕을 얹어 세를 놓은 집이었다.
여름은 덥고 겨울은 추운,
방 앞 연탄아궁이 하나가 집안 구조의 전부였다.
지금 생각하면 어떻게 그런 허술한 집에서 아이를 분만하고
두 아이를 기르며 살 수 있었을까.
스스로도 의문스럽고 고개가 갸웃거려지지만
그때는 전연 그곳이 협소한 줄도
불편한 줄도 모르고 행복한 마음뿐이었다.
그 세든 집에서 곧바로 큰 아들 진근이도 태어났다.
옆집 라디오 뉴스에서 5 · 16혁명이 전파를 타던 때였다.

남편은 서울사대 졸업 후
동기 10여명과 함께 초등학교 발령을 받은 것이다.
화양동 장안초등학교 발령은 남편에게는 더 없는 기회였다.

중 · 고등학교 교사는 수업이 많아 대학원을 다닐 수 없기 때문이다.
발령을 받고 나서 곧바로 서울사대 대학원에 입학을 했다.
초등학교에 근무하는 그 5년 동안이 우리 가족에게는 행복의 절정이었다.
큰 아들 진근을 낳고 골목이 들썩거릴 정도로 남편 구두소리가
요란했다고 뒤에 순경 집 아주머니가 이야기를 해 주셨다.

이웃인 순경 부인과 다른 형사 부인은 살림살이의 달인들이었다.
우물가에서 빨래도 해놓고 청소도 다 해 집안 일 끝인데
나는 아침 신문 다 보고 아침 먹은 설거지도 안한 채 그대로였다.
그러니 살림 잘하는 주부들 틈에서는 철부지인 나는 소위 왕따였다.
그 와중에 남편이 대학원까지 다니니 그분들과는 다르게 살아야 했다.
그래도 마음은 부자였다.

희망은 하늘 높은 줄 몰랐고 꿈은 가슴이 터질 듯 부풀었다.
지금도 아직 꿈꾸고 있지만 내 젊은 날의 꿈은 허황되고
꽤 높았던 기억이 난다. 근처엔 모윤숙 시인이 살고 있었고,
임옥인 소설가도 버스 몇 정류장 거리에 있었다.
덕분에 문학의 꿈도 계속 키워갈 수 있었다.

남편의 대학 선배나 동기생, 친구들을 초대하는 날은
주인댁 마루를 빌려 쓰고 온갖 식기와 그릇들도 빌려서 대접했다.
그래서 손님들이 사온 과일이나 과자는 몽땅 주인집에 드려야만 했다.
등넝쿨 올라가는 화장실과 대문 앞 길거리 청소는 늘 내 몫이었다.

나는 가끔 골목을 들어서던 남편의 구둣발소리를 환청으로 듣는다.

지금도 나는 가신 이를 그리워하며 과거에 사는 중이다.

황홀한 자유와 비상을 꿈꾸는 새들

신록은 푸르고 청명한 날씨다.
머그잔에 커피 한 잔 타 놓고 사유에 잠기는 아침이다.
새들도 나뭇가지 소파에 앉아서 커피 한 잔 하는 시간일까.
남편 출근시간 넥타이도 골라주고 주스도 내려주고
아이들 학교 챙겨 보낼 땐 전쟁터 비슷하던 시간들이
나에겐 이제 흘러간 과거가 되었다.

어제는 점심을 먹고 며칠 전 다녀온 삼청로의 현대화랑에 다시 나갔다.
조각가 이영학 선생의 새鳥 전시장이다.
전시장을 들어서니 흰 머리의 모시 셔츠를 입은 분과
줄무늬 남방을 입은 두 분이 반갑게 맞이한다.
나를 본 이영학 선생께서 어디서 본 얼굴이라고 대뜸 인사한다.
나는 선생을 만난 기억이 전혀 없었다. 전시장을 둘러보니 새떼가
백 마리도 넘게 견고한 무쇠의 녹슨 빛으로 날개를 팔랑거리며 우아한
비상을 꿈꾸고 있다. 또 서로 그리워하며 애절한 눈빛으로 마주보고
있는 새도 있다. 소재가 대부분 철인데도 저런 우아한 선이
만들어지다니 한 참을 보고 또 봐도 멋스럽고 신묘하다

이탈리아에서 공부한 서구적인 정서를 바탕으로 한국적 정서를 작품 속에 투영시켜 빛을 발하는 작가의 면모를 한눈에 발견할 수 있었다. 부정을 통한 긍정이 역사 속에서 더 빛나듯이 서양 정서를 확 벗어난 이분의 예술세계에 나는 한없이 감탄했다.
이영학 조형의 오브제가 된 연장들은 호미, 낫, 못, 인두, 가위, 식칼, 장도리, 쇠스랑, 돌쩌귀, 연탄집게, 흙손 등이다.
헛간이나 마루 밑에 버려져 있던 것들, 아이들이 엿 사먹던 고물 부스러기 같은 그런 것들에게 사랑과 영혼을 불어넣어 새로운 생명을 탄생시킨 것이다. 우리만이 가질 수 있는 조형적 사유의 작품이 아닐 수 없다. 저 단조롭고 절제된 선에서 뿜어져 나오는 힘과 조형미를 누가 따를 수 있을까

황홀한 자유와 비상을 꿈꾸고 있는 새떼, 한국의 피그말리온이 만든 차분하고 단조로운 조각품들이다. 낮술을 한 잔 하셨다며 통통하고 갸름한 붉은 얼굴이 며칠 전 어느 농장에서 따던 보리수 열매를 닮아 있었다. 예술로 농익은 얼굴이 사람 마음을 참 편안하게 해준다.
오늘은 그분 만나 뵌 것만으로도 여기 온 제값을 한 것 같다.

이영학 선생의 전시회에 처음 갔던 날은 그분의 제자와만 인사를 했다.
그날은 손자 민섭이와 함께 갔다.
이 새 저 새를 둘러보던 민섭이가 문득,
"할머니, 아빠한테 말해서 예쁜 새 한 마리 사 줄까?"하고 묻는다.

녀석은 그림을 좋아하는데
이내 전시된 작품의 대단한 작품성을 읽어낸 모양이다.
참 기특한 손자에게 나는 대답대신 웃어주고 그냥 전시장을 나왔다.
민섭이는 중국으로 돌아갔다.
녀석이 내게 보여주던 믿음과 대견스러움, 피는 못 속인다더니
속정 깊은 제 할아버지의 품성을 많이 닮은 듯하다.
아마도 정 교수도 나를 보고
당신이 좋아하는 새이니 작품하나 골라 보라고 하셨을 것 같다.
나는 그이도 민섭이도 그립고 그 새들을 잊을 수가 없었다.
메르스 전염병 때문인지, 불경기 탓인지 거리는 한산하고
전시장도 조용했다.

제자 분께 새 한 마리를 추천해 달라고 부탁했다.
가느다란 몸매의 목에 쇠 국자를 날개처럼 달고 긴 못으로
다리로 서 있는 도록 앞 페이지에 있는 새 한 마리를 권한다.
그 새는 내공이 깃들지 않았다는 생각이 들었다.
막상 한 마리 고르려니 마음에 드는 새를 찾기도 힘들었지만
모두 다 고가품이다.
그러는 동안에 작가 이영학 선생은 가고 제자는 작가 선생님께서
가격 판단이 높아서 구입하기가 더 어렵다고 한다.
내가 고른 새는 도톰한 식칼 몸통에 입을 조금 벌리고 저어새 같다.
오래도록 새를 좋아하던 터라 거금을 지불하고
해 질 녘 집으로 가져왔다.

나는 그 작품을 거실 한편에 세워두었다.
그이가 보면 분명히 좋아하실 작품이다

저녁 햇살 사이로 뒤돌아보는 새의 모습이 어쩐지 쓸쓸하고
외로워 보인다.
침묵과 고통의 심연에 잠긴 듯 무쇠처럼 차분하고 녹슨 빛깔의 새다.
거실 통유리 창밖의 새소리를 들으며 혼잣말처럼 되뇌어 본다.
새야 쓸쓸해 하지마라. 새야 울지도 마라!
물에 언뜻 새겨지는 날갯짓의 흔적처럼 그렇게 살다 가자.

먼 산 뻐꾸기 울고

산 뻐꾸기 울음소리를 듣는다.
이 봄날 먼 데서 예전처럼 듣는 뻐꾸기 소리 낭랑하다.
허공을 가득 채우며 천상에서
들리는 듯 저 새들의 노랫소리에 아무 일 없는 듯
시간은 흐르고 세월도 흘렀다.

"산천은 의구한데 인걸은 간데 없네" 라고 노래한 옛 시인도
나 같은 마음이었을까!
젊은 날 듣던 뻐꾸기 소리나 오늘 듣는 뻐꾸기 소리는 변함없건만
이렇게 혼자 들어야하는 회한의 새소리는 저렇게 애닮다.

나의 유년 산에서 뻐꾸기가 울면 얼마나 가슴이 아렸던가!
내 고향 산청은 산이 많아 골짜기마다 새들의 노랫소리로 넘쳐났다.
흐드러지는 녹음 속에 새들의 노랫소리 섞여 소녀의 꿈이
영글어가던 그 시절처럼 오늘도 뻐꾸기 소리는 가슴을 아프게 한다.
정 교수는 고향이 산청인지라 나는 알지 못하는 새들의 이름과
야생화 이름을 잘도 외었다.
지금 그대는 어느 하늘 이름 모를 새가 되어 날고 있을까!

껍데기에 대한 변명

오늘은 가슴이 한없이 헛헛하다.
껍데기가 된 듯 마음 내키는 대로 횡설수설이다.
껍데기도 껍데기 나름이지 좋은 껍데기는 얼마나 좋은가.
알맹이를 보호하는 보호막이 아니던가.
비가 오면 덮어주고 바람 불면 막아주고 그러나 알맹이가 빠진
껍데기는 안 된다.
부모의 역할이란 이렇게 서서히 껍데기가 되어가는 일이지 않은가?

일찌기 선배시인 신동엽 선생은 「껍데기는 가라」라고 강렬한
민중 의식을 담은 사자후를 토하셨다.
4 · 19 후 많은 젊은 목숨들을 제물로 삼고 어렵사리 얻어낸 자유
민주주의를 향해 쓸데 없는 껍데기들이 설치는 현실을 보다 못해
시詩로써 터트린 사자후였다.
삶이란 알맹이의 본질에 대한 추구이다.

알맹이 없는 그것은 생존은 돼도 우리가 추구하는 진정한 의미의
삶은 아닐 것이다. 그것은 기계적인 삶, 허구의 삶에 불과할 뿐이다.
나는 누구인가? 골똘한 사유의 그늘에서 허우적거린다.

'나'가 있으면 중심이 생기고 동서남북 방향이 생긴다.
나로부터 삶이 있고 그 삶의 본질에 대한 의미가 생기고
사유의 방향과 삶의 목표가 설정된다.
명예욕이라든지 신분 유지라든지 저급한 수준의 알맹이는 안 된다.
얼마 전 한 유명한 시인과 만나 큰 포부를 갖고 시작한 일이 있었다.
우리는 척척 뜻이 잘 맞았지만 결과는 그렇지 못했다.

그는 삶의 본질을 왜곡하고 진실을 외면한 채 교만과 허황된 목표를
지향하는 어리석음으로 삶 자체를 부정하는 사람 같았다.
세상은 그를 좋은 시인이라 칭할지 모르지만 내 눈에는 그랬다.
껍데기도 껍데기 나름이겠지만 적어도 내 눈에 그는 보잘 것 없는
초라한 껍데기였다.

모처럼의 나들이

모처럼 지하철을 타고 외출을 했다.
한 실장이 일이 있어 출근하지 못했기 때문이다.
오가는 사람들은 평화롭다.
거리는 모두 자기 갈 길이 바쁘다.

참 오랜만에 지하철 승강구 창가에 붙은 시들을 읽는다.
예전의 시보다 좋은 시들이 많았다.
메말라가는 사람들의 마음에 시심을 심어주니 얼마나 좋은 일인가.
2년마다 갈아 붙인다며 며칠 전에 시를 달라고 해서
「달 항아리」란 시를 적어 한국시인협회로 보냈다.

그런데 종로3가역에서 3호선 지하철을 탄다는 것이 1호선을 탔던
모양이다. 한참 가다가 보니 동두천이란 싸인 불빛이 들어온다.
갑자기 불안한 마음이 든다 허둥지둥 전철에서 얼른 내려 집에
전화를 걸었다.
시간이 넘었는데도 오지 않아 식구들은 걱정하고 있었다.
동대문 역에서 하차하여 4호선 지하철을 타고 동작역 1번 출구로
오란다. 아이들은 나를 안심시키려 차근차근 알려준다.

고맙다 이럴때는 더욱 가족들이 고맙다.

오랜만에 시간 약속도 없는 한가한 외출을 하고 돌아왔다.
나일강, 세느강 보다 더 유유히 흐르는 한강아!
우리나라 대단한 나라다. 거리의 밤 불빛은 찬란했다.

시가 살아있는 나라

50년의 역사와 전통을 가진 문학동아리 시문회에서는
더러 외부 인사를 초청해서 문학 이야기를 듣는다.
지난 월례회 때는 이향아 시인의 특강 시간이 있었고
지난 4월 월례회 때는 문인협회 이사장 문효치 시인의 특강이 있었다.
그런 시간들이 나에겐 감명 깊은 시간이었다.
이번 월례회는 나더러 문학 이야기를 해달라는 회장의 부탁이다.

나는 이들에게 문학의 어느 부분을 말해줘야 할까?
내 이제껏의 시작 태도나 시적 성과도 중요하겠지만
그들은 좀더 높은 차원의 강의를 요구할 것이다. 더 노력해야겠다.
정 교수와 내가 이제껏 걸어온 삶의 행보도
좋은 문학 얘기가 될 수 있으리라.
정 교수의 질서 정연했던 삶과 아들과 남편의 유학생활을 감당해야했던
힘들던 시절의 나의 삶도 좋은 본보기가 될 성 싶다.
새들은 자명종이다. 그 시간만 되면 나의 새벽잠을 깨운다.
나는 열심히 이것저것 특강준비를 하였다.

누군가는 아침마다 덧없다 덧없다고 나팔을 불었다 한다.

유한한 삶의 여정에서 마음은 언제나 덧없고 허전했다.
누구든 자기 고향에서는 도를 펼 수 없다. 아니 펴기가 어렵다.
예수도 자기 고향에서는 알아주지 않았으니 말이다.
누가 알아주지 않더라도 상관없다.
그럼에도 여기까지 포기하지 않고 시를 써 왔다.
언제나 깨어 있어야 하고 언제나 도전해야 될 것 같았다.

가까운 데서부터의 작은 것과 바로 지금 여기서부터 시간을 챙겨라.
그 옛날의 단테가 아니라 지금의 단테라고 고은 시인은 말한다.
시의 무덤과 삶의 행간을 헤매는 미아들.
자기 시대를 넘어서 다른 시대까지 살 수 있어야 한다.

마케도니아나 남미에서는 시가 살아 있다고 한다.
그곳에는 마이클 잭슨보다 어느 한국 시인을 더 환영한다는 글이 있다.
우리도 그들처럼 시가 살아있는 나라라면 좋겠다.
시가 살아있는 나라 그것은 시인의 몫이며
현대를 살아가는 우리의 소망이며 진정한 삶의 해법일 것이다.

미국 작가 필립 로스는 나이 드는 것은 전투가 아니라 학살이라고 했다.
더 늙기 전에 정연한 질서로부터 자신을 해체해야 할 일이다.
세월을 아껴라, 세월을 아껴라.
인간답게 살고 기품 있고 건강하게 살면서
물결 위 바람의 흔적처럼 그렇게 조용히 살고 싶다.

문학이나 사회의 어느 분야에서든 최고 성공의 비결은
불행이나 실패, 고통, 가난의 제일 밑바닥 체험이라고 생각한다.
삶은 언제나 사이클이 있기 마련이다.
계곡이 깊으면 산이 높다.
언젠가는 그 깊은 계곡에 꽃피고 새가 웃고 노래하는 봄은 올 것이다.
성공의 반대는 실패가 아니라 포기란 말도 있다.

모두가 사랑이네

새들이 벌써 일어나 아침 시를 외운다.
오늘은 내가 저들보다 늦게 일어났다.
새벽 5시다.

어제는 30년이나 함께 공부한 현정선원 도반들과 점심 식사를 하고
저녁에는 또 다른 손님들과 막걸리 파티를 했다.
도반들은 언제 만나도 정답고 푸근하다.
부처님의 뜰은 항상 넓고 푸근하다.
부처님의 가피로 세상이 정화되고 윤택해지기를 소망한다.
종교에서 기복이 배제되어야 한다고 하지만 나는 반대다.
나 아닌 남을 위해 기도할 수 있는 마음이 종교 밖에서
생겨나는 건 어렵기 때문이다.

하루 종일 긴장한 바람개비!
손님 100명을 대접하면 그중 천사 한 명이 있다고 했던가.

손님 모두가 천사였으면 좋겠다.
나는 서툴고 부족한 바람개비!

오시는 손님 모두 밀알이다.

새들아 반갑다.
나비야 반갑다.

허물없고 무심하여
늘 반가운 손님

바람아 구름아
달빛아 별빛아
인동초 꽃이 창틈 사이로 향기를 보낸다.

값없이 받는
나의 사랑 나의 둘레
모두가 사랑이네.

밤새 빗소리를 들으며

밤새도록 비가 내린다.
봄비가 내리는 창밖은 칠흑이다.
창을 두드리는 빗소리를 그와 같이 듣던 때가 그리워진다.

어제는 서정춘 시인과 김양동 교수가 정 교수 유택을 방문했다.
비가 온다고 해서 걱정을 많이 했다.
우리 일행이 유택에 도착한 것은 아침 10시를 조금 넘긴 시각이었다.
두 분은 차에서 내리자마자 곧바로
정원수를 감고 올라가는 넝쿨을 걷는 등 잡풀을 뽑는다.
묘소 구석구석을 다니며 연신 땀을 흘렸다.
그동안에 동행한 식구들은 제단 위에 약간의 과일과 술을 올려놓았다.
서 시인, 김 교수 오랜만이야! 하면서 얼마나 반가워하실까
정 교수가 걸어 나와 반갑게 맞을 것만 같았다.

두 분은 땀에 젖은 옷으로 정 교수에게 절을 하였다.
다정다감하던 정 교수, 얼마나 반갑고 고마워했을까.
아마 눈물이라도 글썽였을 것이다.
올려드린 술과 물을 묘지 위에 뿌리고 아무 말도 없었다.

잘 자라는 잔디와 묘지기 나무들은 며칠 전의 단비로
더욱 싱그럽게 보였다.
과일과 술을 정자로 옮겨 주변 경치를 구경하는 사이에
같이 간 식솔들은 잡초를 뽑고 들깨 모종을 심었다.

근원 김양동 선생은 순식간에 일필휘지로
지경정之卿亭이란 정교수의 정자 호를 그려 날렸다.
之卿은 정교수의 아호다.
편액을 만들어 걸어 두고두고 보리라.
먼 산에서 새 우는 소리도 들리고 키 큰 후박나무도 바람에 흔들렸다.
다시 정자 안을 빙 둘러 정교수 어록들을 써 내려 가셨다.
참 감사한 순간이었다.
세상일을 사람들은 우연이라고 말하지만 이건 분명 필연이다.

참 고맙고 뜻 있는 순간, 이 시간도 지나간다.
하기야 어느 순간인들 뜻 없고 지나가지 않는 것이 있겠는가.
세상은 모두 사라지면서 변해가는 것이다.
정 교수가 병이 난 그 이전부터 하루도 안 거르고
정 교수 온라인 카페 〈교육행정연구실〉을 방문해 준 제자들과
친구 그 외 여러분들, 고맙고 감사하고 사랑한다고 말씀드리고 싶다.
나에게는 모두 눈물 나고 가슴 아리는 분들이다.
예부터 정승이 죽으면 개미 한 마리 얼씬거리지 않는다는 말과는
달리 저리도 진정어린 마음으로 찾아주는 벗들 고맙고 감사하다.
그분들의 진심이 한없이 따뜻한 마음으로 다가온다.

특별 정진법회 날에

현정선원에서는 일요일부터 금요일까지 정진법회를 한다.
30년 전 서울 사당동 이수초등학교 부근 3층 건물을
도반들의 헌금으로 마련하여 불교 공부를 해 오고 있다.

첫 인연을 맺은 것은 친구 따라 간 과천5단지 아파트에서였다.
그 친구는 독실한 불교신자였다.
나는 일 년 중 한 번 정도 절에 가서 부처님께 기도하며
등을 달 정도의 불교신자다.

첫날 그곳에 도착하여 설법을 듣는 순간
보석을 깔아놓은 방 안에 들어선 느낌이 들며 여기구나 했던 곳이다.
삶에 대해서 왜 사는지 목말라 찾아 헤매던 바로 그 곳이었다.
그곳은 불교 그 자체를 신봉하는 절도 아니었다.
불교 형식으로 진리를 탐구하는 배움의 모임 장소 같았다
어떤 의미에서는 사교로 비쳐지기도 했다.
그러나 나는 그곳을 무채색 공부하는 진리의 도장이라고 말하고 싶다.

내 문학생활 한창때는 초정 김상옥 선생님과 홍윤숙 선생님께서도

한 번 가 보고 싶다던 곳이었다.
나 이전에는 류 시인도 다녀갔다는 이야기를 들었다.
그런데 그곳은 정한 법이 있는 것도 아니고 정식 불교도 아니어서
이 세상의 진리라는 그 자체를 함께 알아보자는 자리이며
불교를 바탕으로 진리를 펴는 곳이라는 어렴풋한 정의를 혼자
내린 곳이다. 가끔은 스님들도 다녀가는데 요즘도 스님 몇 분이 와서
법문을 듣고 있다.
살아가면서 막막할 때 어느 쪽이 옳은 길인가 혼란스러울 때
그곳에 가면 언제나 답이 있었다.

이제는 세월이 많이 지나고 그때와 같은 열정도 식었다.
그 법정님 법문도 설할 말씀이 없다고 하시며
우리 도반들의 질문이나 받고 가끔 질문에 대한 답변을 해주는 정도다.
30여 년 동안 참 많은 법을 설하셨지만
지금 돌아보면 강물이 흘러가 버리듯 아무런 흔적도 남아있지 않다.

그래도 흐르는 강물이 굽이쳐 흐르듯 모르는 사이에 내 삶의 질은
달라졌고 인생의 고뇌에 대해서도 많이 너그러워진 모습을
발견할 수가 있었다.
크고 맑고 높고 더 깊이 살 수 있을 것 같은 마음이다.
평정심을 갖고 남을 배려하며 사랑으로 세상을 살 수 있는 법을
터득한 것 같다. 진리를 향한 설법은 나 같은 문외한에게도
길을 주고 답을 주셨다.

그분과 만난 이후로 확실한 종교관이 자리 잡은 것 같다.
한 번도 토정비결을 본 일도 없고 만신에게 점을 본 일도 없다.
내가 어두운 세상 살아가면서 많이 흔들리지 않게 정 교수가
옆에서 나를 지켜준 탓도 있지만 참마음과 정성으로 설법을 해주신
결과로 그분께 감사하기 이를 데 없다.

몽땅 나를 버려라. 나 없으면 중심이 없다. 자아를 강화하지 마라.
빌 공空 자, 송곳으로 허공을 구멍 뚫는 것이 세상 모든 일이로다.
존재는 물질도 아니고 파동도 아니다.

대충 떠오르는 배움의 기억들, 내 몸에 익혀진 기억의 상형 문자들이다.
지금은 바위에 새겨진 범어처럼 희미한 등불이다.
해독할 수도 없는 내 뇌의 기능이다.
대나무 그림자가 아무리 뜰을 쓸어도 먼지 하나 일어나지 않는다는
옛 글을 더듬는다. 여름 날씨가 흐려 있다. 매미가 여름을 운다.

덥다

날씨가 덥다.
아무리 더워도 덥다는 말은 절대로 안한다.
이 더위가 가고 나면 가을이 오고
가을이 오면 낙엽이 지고 낙엽 따라 가버린 사랑처럼
우리도 어디로 가야 하기 때문이다.

식솔들이 휴가를 가고 집은 조용하다.
이런 조용한 시간은 밀린 원고를 쓰거나 공부하기에 안성맞춤이다.
원고 청탁 받은 잡지에서 오래 전부터 작품 준비해 달라고
그동안 전화도 몇 번 왔는데 날짜가 많이 지났다.
신뢰를 소중히 여겨야 되는데 난감하게 되었다.
다행히 전화를 통하여 아직 괜찮다고 한다.
『문학청춘』에 시 2편과 전국여성잡지 선집 『여기』에 작품 1편을 보냈다.

조그만 선풍기 하나만 켜놓아도 견딜 만하다.
냉장고의 얼음 커피를 마시면서 혼자 피서한다.
이제는 피서여행도 옛 이야기다.
정 교수 계실 때도 젊은이들처럼 피서를 가본 경험이 없다.

우리들의 피서는 정 교수와 함께 고향을 다녀오는 거였다.
내가 태어나고 자란 곳 정교수도 그곳에서 태어나고 그곳에서
유년을 보냈다.
고향이 같다는 건 서로의 추억거리가 많아서 좋다는 뜻이다.
정 교수와 동행하는 해마다의 귀향길이 가장 행복한 나들이였다.
산 좋고 물 좋은 내 고향 산청!
산자수명한 그곳은 우리들 영혼의 고향이기도 하다.
마을 앞을 흐르는 강물에 발을 담그고 이웃과 수박도 따먹으며
고향산천을 보고 오는 게 우리의 피서였다.
돌아올 땐 기쁨이 넘치는 둘만의 아름다운 여행이었는데
이제는 지난 일이 돼 버렸다.

아들이 직장 동료와 점심을 먹고 커피 마시러 집까지 왔다.
깜짝 손님이 온 것이다.
과일과 함께 커피를 마시고 잠시 쉬었다 갔다.
어떤 때는 오래도록 코빼기도 안보이다가
오늘은 얼굴을 보여주고 농담도 하고 가는 아들이 고맙다.

자식은 울타리다.
비바람도 막아주고 떠난 남편의 자리를 채워주는 믿음직한 나의 아들
언제 어디서고 나의 울이 되어준다.
너희가 있기에 나의 삶이 이리도 풍성하다.
고맙고 감사하다.

입추 지나

창문은 우주의 눈이고 영혼의 눈이다. 먼 미래로 향하는 내일의 눈이다.
생성과 소멸이 드나들고 자연의 소리 창공의 작은 별들도 드나든다.
먼 길을 떠나는 그대의 그림자도 어렴풋이 보인다.
다감하고 빛났던 한생을 마감하고 홀연히 내 곁을 떠나가던 그대
그대 떠나던 날도 창문은 말없이 당신을 배웅하고
홀로 남겨진 나 그 창에 기대어 서서 그대를 그리워한다.

더위가 한창인데 올해는 매미의 소란도 그 전만 못하다.
여름도 가기 전에 가을을 벌써 한 자락 깔아놓은 어제가 입추였다.
계절의 절기 따라 미물인 벌레도 먼저 알아차리나 보다.
깊어가던 늦은 가을밤에도 서럽게 울던 저 벌레소리
계절은 또 속속 깊어갈 것이다.

우리 사는 일이 덧없다 하며 사는 것 아니겠는가.
바쁘게 살다가 어느 날 죽음의 문턱에 와서
홀연히 혼자 떠나버리는 외로운 우리들의 삶!
참 무상하고 덧없다는 말이 맞다.

누워도 앉아도 보이는 자리에 아버지의 대형 사진을 걸어놓고
금요일만 되면 아빠가 몹시 그리워진다는 아들.
꽃을 좋아하던 아빠를 위하여 진달래와 벚꽃나무를
묘소 입구와 둘레에 가지런히 심어놓았다.
한 생애가 떠나도 이렇게 그리워해 주는 후대가 이어진다는 사실에
고맙고 감동한다.

초봄에 심었던 잔디를 깎아서 더욱 싱그럽고 푸르게 보인다.
예전에는 시묘살이도 했다면서 아빠 묘 근처에서
주말이면 와서 쉬다가 가자며 집을 하나 마련하자고 권한다.
남양주 일대를 돌고 돌아 운길산역까지 갔다.
남편이 다니던 삼봉산도 보이고
보트를 띄운 북한강의 아름다운 풍경이 그림처럼 펼쳐진다.
정원이 아름다운 집 구경도 했다. 서울 바람보다 순한 바람이 분다.
같은 강물이라도 어디에서 보는가에 따라서 이렇게 다를 수가 있다.

돌아오는 길 상가 앞 작은 공터에서 밤벌레가 울고 있다.
가을은 밀려오고 시간과 공간은 맞닿아 한 치의 여백도 없다.
한 잎 두 잎 가로수 잎이 뒹굴기 시작하고
머지않아 한 해의 마무리를 위해 계절은 더욱 서둘 것이다.
마음은 계절보다 먼저 간다.

빈 마음으로 가볍게

세상은 나와 눈을 맞추지 않습니다.
왜 자꾸 옆얼굴만 보여 주시는지요.
대리석 같이 찬 얼굴 말입니다. 무표정의 얼굴입니다.
부디 눈길을 주십시오. 우리들을 긍휼히 여기소서.
우리가 원하지 않는 일들을 나타나게 하지 마십시오.
눈물을 보이게 하지 마소서! 저희는 알지 못합니다.
세상은 나 모르는 비밀을 혼자 알고 있었던 모양입니다.

세상은 북 치고 장구치고 야단법석입니다.
이제 와서 돌아보니 그게 모두 의식의 장난이었습니다.
바다는 까딱도 아니하는데 물결만 아우성입니다 .
저 어린 목숨들을 그대로 방치 하시렵니까?
나라를 이끌고 가야할 동량들입니다. 부디 기적을 만드십시오.
발을 구르며 바라만보아야 하는 현실을 참을 수가 없습니다.
신이시여 기적을 보여주소서.
부모형제 피를 나눈 가족들의 타는 마음을 헤아려 주십시요.
밤새도록 파도쳐도 바다는 쏟아지는 일도 없습니다.

세상은 누가 움직이는 것입니까?
저희들의 잘못을 꾸짖으시고 저 어린 생명들은 살려 주소서.
우리가 알 수 없는 신의 계획표에 의한 일정이신가요?
몰라도 너무 몰라 한 치 앞의 일도 모르고 살고 있습니다.
만물의 영장이란 칭호가 부끄럽습니다.
먹고 사는 일도 중요하지만 더 중요한 게 있다는 걸
깨달아야 할 것 같습니다.

무슨 소식을 전하고 싶은지 새들이 창밖에 와서 큰 소리로 지저귀네요.
우리 삶의 절대적 성공은 내면을 가꾸는 일이라고 했습니다.
부단히 내면을 가꾸고 김칫독을 우려내듯 군내를 우려내고
비우고 또 비우고 빈 마음으로 가볍게 사는 일입니다.
나도 타인을 위한 이타의 삶을 알게 하옵소서!
정 교수의 일상이 그랬듯이
나도 그를 닮아 남을 위한 기도가 내 삶에 넘치게 하옵소서!

가는 곳 어디인지

보통의 아침 시간은 명상의 시간이라서 시간을 아끼는 편인데
오늘은 물도 안 마시고 빈속 빈손으로 집을 나섰다.
아침 공기가 상쾌하다. 골목마다 모처럼 새벽의 정적이 흐른다.
운동하러 가는 길에 간이 커피점에서 커피 한 잔을 주문했다.
내가 첫 번째 손님이냐고 물었더니 열 번째 손님이란다.

세상은 이리도 바쁘게 돌아가는구나.
일찍 일어나는 새가 벌레를 많이 잡는다더니 틀린 말이 아니다.
나는 그 말을 받아서 백 번째 손님에게 커피 공짜 주기 하셔요,
남의 사업경영까지 간섭하고 여유 있게 엘리베이터를 탔다.
운동복을 갈아입고 곧바로 휴게실에 들어갔다.
어느새 많은 분들이 도착해서 운동을 하고 있다.

새벽같이 도착한 회원들은 어느새 상기된 얼굴이다.
자신의 건강을 위해 부지런히 운동하는 모습은 아름답다.
그 중 한 분은 교장 정년을 하고 날마다 만나 친하게 지내는 회원이다.
파란 노트를 책상 위에 놓는다.
틈만 나면 성경책을 그대로 적는다며 벌써 20권 째라고 한다.

서정주 시인은 치매 예방을 위하여
산 이름을 외우기 시작하여 세계의 산 이름을 다 외었다고 했는데
이건 너무 부러운 일이었다.

이 세상 진리가 담겨있다는 최고의 베스트셀러 성경책을
내 나라 글자 한글로 사용료도 안내고,
또박또박 적고 있으니 말이다. 아들 내외가 잘나가는 의사라고 한다.
그 집 가문의 보배로 남을 유산이 될 것 같다 .
치매 예방을 위해서도 좋지만 성경을 필사한다는 그 자체만으로도
대단한 자기수련의 최상의 방법이리라.
나이 들면서 스스로 저렇게 노력하는 모습, 너무나 좋은 본보기이다.
나는 내 영혼의 자락에 무슨 글을 베껴 둘까?
먼 훗날 영혼의 세계에서 살게 될 때 나는 무슨 자랑을 할 수 있을까?

그 분은 목소리도 크고 웃음소리도 크다.
겉으로는 절제가 잘 안 되시는 분 같은데 내면은 달랐다.
눈물까지 흘리는 진지한 삶의 이야기로 우리의 대화는 끝이 없었다.
걷기와 다른 운동을 조금 한 후에 수영장엘 갔다.
휴일이라 물 반, 사람 반이었다.
집에 들를 시간이 없어 곧바로 2시에 시작하는 종교 행사장으로 갔다.

귀가 후 TV 예능프로그램을 재미나게 보았다.
추사랑과 만세 삼형제 아이들 모습이 재미있다.

그들은 어린 천사다. 천사처럼 귀엽고 사랑스럽다.
아직 세상에 물들지 않은, 우리의 본래 모습을 보는 듯
그 모습들이 재미있다.

정 교수와 좁은 셋방에서 아이들을 기르며 행복해하던
그때가 생각난다. 그 시절은 진정 순수한 행복이었다.
아이들은 아이들 대로 부모사랑을 맘껏 받으며 자랐고
부모인 우리는 부족해도 행복했었다.
돈이 없어도 없는 대로 집이 좁아도 좁은 대로 행복하던 젊은 시절
그때가 새삼 그리워진다.

창밖엔 소나기가 억수로 퍼붓는다.
눈부시게 아름답던 저 여름날도
풀벌레 울음소리에 실려 조락을 느끼게 한다.
변하면서 사라지는 것 말고는 이 세상에 영원한 것이란 없다는
말을 되새겨 본다.

한국문인협회 심포지엄

2015년 8월 20일,
1박2일 일정으로 제54회 한국문협 심포지엄을 떠나는 날이다.
심포지엄의 주제는 〈지리산과 남명 조식 선생에 대한 고찰〉이다.
내 고장이 만든 걸출하신, 더 이를 데 없이 기개 높은 시인 남명 선생의
거룩하신 생애에 대한 고찰이다. 이 어찌 자랑스런 일이 아니랴!
나는 남명 선생의 후손이라도 되는 양 자랑스럽고 가슴이 벅차온다.

아침 8시 30분, 회원들은 양재역에서 5대의 버스에 나누어 타고
산청으로 출발했다. 고향이 같은 김지연 소설가와 나는 승용차로
덕천서원에 도착했다. 덕천서원은 남명선생이 귀향하여
이곳에 터를 잡고 제자들을 가르치던 곳이다.

미치도록 고향이 좋았던 젊은 날처럼 고향의 푸른 계곡을
들어서면서 가슴은 마구 뛰기 시작했다. 문학소녀 시절에는
향수병에 시달리기도 했었다.
내 설익은 꿈과 사랑이 익어가던 내 고향 산천 어찌 반갑지 않으랴.
갈래 머리 폴폴 날리며 수줍은 꿈을 키워가던 낯익은 고향 산천.
한때는 부산에서 살면서 식량을 마련하여

고향 뒷산 도솔암 암자에서 여승들과 생활하던 때도 있었다.

포장도 안 된 신작로 자갈길을 걸어서 초등학교를 다녔던 추억과
외할아버지가 금박 박은 허리띠를 사주셨던 추억과
하얀 봉숭아 꽃핀 장독대와 숫돌에 낫을 갈던 흰무명 옷의 일꾼들,
노란 탱자 울타리의 어린 시절이 주마등처럼 스치고 지나간다.
부모 형제와 정든 이웃들, 산에서 열매를 따고 냇가의 가재를 잡던
옛 동무들도 이제는 모두 떠나가 찾을 길 없고
이미 이승 사람이 아닌 이들도 많다.
아 세월은 이리도 무정한 것이구나.
말 그대로 산천은 유구한데 인걸은 간데없는 것이다.

덕천서원을 들어서니 나보다 먼저 온 회원들이 몰려와 반겨주었다.
어린 시절 남명 선생이 심어놓은 500년 넘은 두 그루의
은행나무는 가을이면 샛노랗게 익은 열매가 지천이었다.
우리들은 그 큰 은행나무를 향해 소리없이 소원을 빌기도 했다.
나는 어린 날 노란 은행나무를 쳐다보며 시인의 꿈을 키워갔다.
그 풍성하던 은행나무도 한 그루는 몇 년 전에 죽고
이제 한 그루만 푸르게 남아 있다.
여기서 태어나 여기서 자라고 여기서 시인의 꿈을 꾼
나의 오늘은 보통 날이 아니다.

시인이 되어 고향으로 돌아온 것이다.

시인의 꿈을 키운 지 얼마만이던가.
산청 출신 시인이라고 사회자가 특별히 내 약력을 소개하면서
인사를 하게 하였다. 세미나를 시작하기도 전에
「남명 선생의 산 그림자」란 나의 졸시를 장충열 문협 시낭송분과
위원장이 직접 낭송했다.
고향 사람들이 박수와 환호를 보내주었다.
나의 감격은 시냇물소리처럼 벅차게 출렁인다.

200명이 함께 한 고향의 밤은 저녁식사와 함께 밀려온다.
젊은 문인들은 내 고향 물소리를 들으면서 새벽 3시까지 놀았다고 한다.
아직 어두운 새벽인데 잠이 깨었다.
밖으로 나와 중산리 산책길을 혼자 거닐었다.
돌아와 숙소에서 아침 식사를 하고 내려오는 길에
남강문우회 회원인 한국문협 부이사장 강희근 교수와
부산대 양왕용 교수, 수필가 오경자 선생님과 함께
관천대 조부 정자를 둘러보았다.
관천대는 나의 조부이신 관천 허위를 기리는 작은 정자다.
글자 그대로 흘러가는 지리산 사원의 강물을 바라볼 수 있는 곳이다.
돌에 새겨진 초정 선생 시비와 나의 조부님의 시 「만폭탄」이란 시가
새겨진 빗돌 희미하게 남겨진 세월로 새겨져 있다.

다시 남명 선생 산천재에 도착하여 남명 선생의
고고한 선비정신에 대한 조종명 시인의 폭 넓은 해설을 들었다.

역시 시원하고 박식하며 통쾌한 해설이었다.

고향의 추억 어린 여정은 서울에 도착하면서 끝이 났다.

벌써 9월

어느덧 여름은 서서히 물러가고 9월이 성큼 온다.
9월은 가을을 마중하는 미완의 달이다. 자기를 낮추는
겸손의 달, 황금 채색의 아름다운 10월을 위한 9월이다.

주말 저녁 무작정 집을 나섰다.
그냥 나선 길이 한강 강변이었다.
삼삼오오 연인들은 강변을 거닐고
강물은 자기 자신에게 취한 듯 황홀하게 일렁인다.
시원한 바람이 앞장을 선다.

강가에 이르니 가을이 성큼 다가온 듯 시원하다.
아 언제였던가 정 교수와 이 강가를 걸었던 기억이,
먼 곳의 불빛 아련히 그가 그리워진다.
가족들은 텐트를 치고 한강 불빛에 취해 있다.
젊은 연인들은 한강에 발을 담그고 사랑의 언약을 속삭인다.

강물엔 하늘 높이만큼 빌딩의 불빛이 반짝인다.
이제는 남의 나라가 부럽지 않다.

그리스의 역사학자 헤로도토스는 이집트를 일컬어
나일강의 선물이라고 말한 바 있다.
그 찬란한 이집트 문명을 일궈낸 위대한 나일강
이집트의 나일강 보다도 더 아름답고 찬란한 한강이
이제는 세계와 어깨를 나란히 하며 내 앞에서 유유히 흐르고 있다.

그 불빛 속에 문화의 물결이 출렁인다.
마침 가는 날이 장날이라고 한강에 설치된 멀티비전에
예술의 전당에서 연주하는 베토벤 교향곡 제5번이
밤물결을 타고 있었다. 가슴이 떨리도록 아름다운 광경이다.
나는 강가에 앉아서 그 연주곡을 끝까지 감상했다. 상상해보라.
바람부는 강가에 앉아 베토벤의 교향곡을 화면으로 보고 들을 수
있다니…. 아아 사랑하는 내 조국아
우리나라 좋은 나라 대한민국 영원하여라!

하늘은 늘 열려 있습니다

> 하늘은 늘 열려 있습니다만
> 누구에게나 보이는 것은 아닙니다
> 마음 각박하지 않는 사람에게만
> 하늘은 보이는 것입니다
> 늘 하늘 아래 살면서도
> 참 오랜만에야 하늘을 보는 것입니다
> 이따금씩만 마음의 하늘이 열리기 때문입니다
> … (하략) …

이 시를 가만히 외어본다.
이 시는 이복숙 시인의 「하늘이 보이는 때」라는 시다.
늘 열려있는 하늘을 우리는 보지 못한다.

저 열려있는 하늘마저도 바라보지 못하는 우리네의 허튼 삶
참으로 부끄럽고 허허로운 삶이다.

아 이 노릇을 어찌할꼬? 중생의 어리석음을 꾸짖는 부처님 말씀 같다.
늘 열려있는 하늘을 바라보며 꿈을 꾸지 못하는 우리의 헛된 삶을
시인은 노래한다. 무엇이 중요한지 우리는 시간의 노예기 되어

황금의 노예가 되어 주어진 삶의 시간을 헉헉대며 하루를 낭비한다.
하늘을 아우르며 푸른 꿈에 젖어 시를 노래하고 삶을 노래하는
현세의 여유로움으로 삶을 살고 싶다.

한국소비자재단 이사회에서

어제는 한국여성소비자재단 이사회에 참석했다.
한 달에 한 번 있는 모임인 재단이사회에 오랜만에 나갔던 것이다.
나는 1974년 전국 사임당 백일장에서 장원으로 뽑힌 후부터
그 단체 소속이 되었다.

그 단체의 이사장은 이북 출신의 김천주라는 분이다.
김천주 이사장은 경기여중고를 졸업하고
이화여자대학교 사회사업과를 나왔다.
학창시절에는 김 똑똑이로 이름 나 있었다고
강원룡 목사님이 생전의 어느 모임에서 말씀하셨다.
강원룡 목사님의 말씀이 아니어도 김천주 이사장의 똑 소리 나는
족적이야 대한민국 국민이 다 알아 주는 바 아니던가.
1974년쯤에 강원룡 목사님의 아카데미하우스에서
한명숙, 이정자 등 젊은 여성 리더들이 모여 연극도 하고
워크숍도 하는 1박2일의 여성단체 지도자 모임이 있었다.
참으로 오래된 옛 이야기이다.
그때는 그런 낭만이 있었던 좋은 날들이었다.
그 당시 나는 평생 처음으로 연극무대에서

전화기 역할을 맡았던 기억이 난다.
이름 있는 여성들의 틈에 끼어 작은 역할이지만 한 몫을 한 셈이다.

그때 두 여성 단체가 막강했는데
전국주부교실과 대한주부클럽연합회였다.
전국주부교실 중앙회 회장은 이윤자 씨로 남편인 정 교수의
지도교수였던 서울사범대학 강길수 교수의 아내였다.
그러므로 두 여성 단체장과의 인연은 깊었다.

당시의 여성 단체장, 여성 지도자들이 거의 작고했지만
김천주 이사장은 팔순의 나이에도 한국여성소비자연합회 이사장으로
아직도 건재하시다.
참 대단한 여성 지도자이심에 틀림없다. 확고한 자기주장과 목표를
이뤄내시는 대단한 추진력을 가진 어른이시다.
김 이사장의 부모님은 이북에서 광산업을 크게 하고 있었다 한다.
직원이 그 당시 200명이 넘었다고 하는데 그 부하 직원의 기지로
가족은 죽음에서 벗어나 남으로 내려왔다고 한다.
월남 초기엔 남대문에서 길거리 장사로 연명했다고도 한다.

맨몸으로 월남하여 오늘의 여성 여성지도자 대열에 우뚝서신 분!
이산가족 만남은 통일이 되기 전에는 한 번도 신청하지
않을 것이라고 했다.
이북에 있는 일가친척들이 혹시나 무슨 벼슬자리에 있을까 싶어

그들이 불이익을 받지 않도록 해야겠다는 나름의 배려라고 한다.
통일이 되면 김소월의 약산 진달래 피는 동산으로 가보고 싶다고 한다.
얼마나 가슴에 그리움의 한을 품고 고향이나 혈육이나 친지에 대한 그리움을 끌어안고 살아 오셨을까.

이사회를 마치고 요리지부가 있는 단체라서 그런지 음식이 잘 나왔다.
맛도 일품이었다.
식당 요리사가 비닐봉투에 전을 넣어 흰 종이를 덮어 싸준다.
이렇게 음식도 인심도 풍성한 나라가 우리나라이다.
약속 시간 틈새를 이용해 초전섬유 퀼트박물관에 들렀다.
명동에 있는 그곳은 대한민국의 편물 명장 1호 김순희 사임당님이 관장으로 계신다.
조금 이른 오후에 집으로 돌아왔다. 대국이라 불리던 중국에서
크게 환대받는 박근혜 대통령의 모습을 TV를 통해 보았다.
그런 환대도 온 국민이 피나게 살아온
우리가 이룩한 경제 발전의 후광의 결과물이 아니겠는가.

얼마 전 일본 여행 때 들은 가이드의 이야기가 생각난다.
세계 여행객의 의식 수준과 미모와 옷차림새 등 모든 부분에서
한국 여행자가 다른 나라 사람들의 추종을 불허한다고 했다.

그만큼 우리도 모르게 국가 경제와 문화 수준이 높아진 것이다.
남을 비판하지도 말고 남과 비교 분석하지도 말고 앞만 보고 걸어라.

겸허하게 앞만 보고 열심히 살아간다면 길은 보이기 마련일 테다.
사랑과 열정과 겸손으로 부단히 노력하면
누구에게도 제재 받지 않는 멋진 자기 삶을 살 수 있다.

사색의 뒤안길

그리움은 켜켜이 먼지를 쓰고 사색의 뒤안길을 서성인다.

인생은 기다림인가, 내 기억의 이전부터 기다림은 있었다.

그것은 원초적인 기다림이다.

그것은 원초적인 그리움이다.

벌써 노란 잎새 하나가 가을 엽서를 보내왔다.

제법 많은 잎새들이 한 생을 마감하고 거리를 뒹군다.

저들이 온몸으로 보내는 연서에 나는 무슨 사연을 적어 보낼까?

내 색색의 그리움을 색칠해 보낼까?

바람 불고 비 내리면 가을은 성큼성큼 다가오고

또 어느 날 자취 없이 사라지겠지.

땅 위에 하나둘 연륜은 쌓여가고

떨어진 잎들은 다시 흙으로 돌아가고

아, 변함없는 세상의 순환은 우리에게 이런 고독을 선물한다

정 교수가 쓰던 방에는 아직 비닐도 뜯지 않은 채 컴퓨터가

처음 설치해둔 그대로 널찍한 화면에 하늘을 깔고 있다.

공학도인 외손자 둘이 와서

이 방 저 방 다니며 컴퓨터를 고치고 바꾸며 새로 설치해 주고 갔다.

언제쯤 저 새 컴 앞에 정 교수가 단정히 앉아 글을 쓰는 모습을
다시 볼 수 있을까.
내가 컴 앞에 앉아 글을 쓸 때면 나를 방해하지 않으려 까치발로
방을 나가던 다정다감하던 분, 이별은 이리도 오래오래 가슴을
아프게 한다.

컴에서 멋진 노래가 흘러나온다. 노래도 좋고 하늘은 높고 푸르다.
기억은 기억을 부르고 이내 추억이 된다.
유년 시절, 고향마을 대문 앞에 쪼그리고 앉아있던
그때 그 꼬마는 누굴 그렇게 못 견디게 기다렸을까.
고향의 먼 대숲 바람소리와 전설처럼 흐르던 앞 강물과
쏟아질 듯한 은하수 속 고향의 별들과 초가지붕의 박꽃
그리워져 그 아픔에 괴로워한 일도 많았다.

하늘을 찢고 나온 붉은 모란과
가시관을 쓰고 담장 너머를 내다보던 장미와 하얀 찔레꽃의 추억,
벌레와 토끼와 개미도 다 한 곳을 향하여 달리고 있었다.
결국 우리가 함께 도달하는 곳은 그믐밤 은하 저쪽의 별의 나라이다.
그 미로의 행간에서 우리 9월의 노래를 부르자.
지금 여기 이 자리에서 사랑과 평화와 자유를 노래하리니.

환상의 계곡에서

스크린도어 쪽빛 문을 열고
강아지풀 오소소 가을 들판을 흔들고 있다.

귀를 열고 밤새도록 밤벌레 울음 소리를 듣는다.
저 작은 미물들이 들려주는
저건 혼의 찬가일까, 아니면 혼의 비가일까.

붓다는 견문각지가 실제상황인 줄 알면 제도 못한다고 했다.
보이고 들리는 모두가 꿈이고 환이라 하였으니
아직까지 내공은 천리 밖이다.

세상은 없는 것만 가득하다.
세상은 텅 비어서 아무것도 없다.
저 시퍼런 하늘 아무리 쳐다봐라.
아무것도 없지 않느냐.
당시 큰스님 말씀이 들리는 듯하다.

竹影掃階塵不動(죽영소계진부동)
대나무 그림자 댓돌을 쓸어도 먼지 하나 일지 않고,
月穿潭底水無痕(월천담저수무흔)
밝은 달 연못을 뚫어도 물은 흔적이 없네

이것은 송나라 때 冶父道川(야부도천)의 선시 일부다.

꽃은 늘 웃고 있어도
시끄럽지 아니하고

새는 항상 울어도
눈물을 보이지 않는다

대 그림자 뜰을 쓸어도
먼지 하나 일지 아니하며

달빛이 물밑을 뚫어도
흔적 하나 없네

위의 시에서 돌아 봐도 돌아 봐도 아무 흔적이 없다.
한 일도 없다. 어제도 오늘도 시공은 다 비었다.
우리 모두는 환영의 그물 속에서 거꾸로 수영 중이다.

고추잠자리 날개 위에 가을 햇살이 엷어졌다.
마음은 흰 구름 되어 어디론가 떠나가고
가을은 밀려 와 마음은 슬픔에 잠긴다.

추석날, 차례를 지내고

도시의 명절은 죽은 도시처럼 적막하다.
백화점도 휴점이다.
사람들이 붐비다 불 꺼진 곳은 더 썰렁하다.
거의 날마다 운동하는 곳이기 때문에
아이들 추석선물 사는 것을 미루었다가 하는 수 없이
압구정 쪽으로 가서 준비를 했다.

진즉 가까운 백화점에서 준비해둘 걸.
그러나 쇼핑은 언제나 셀레이는 행사다.
선물을 골라 사는 재미에 또 아이들이 좋아할 것을 생각하니
슬픔도 고독도 잊힌다. 며느리에게 줄 머플러도 샀다.
피아노를 전공한 눈 높은 며느리라 내 선물이 맘에 들지 신경이 쓰인다.
분홍 꽃을 연하게 그려 넣은 문양이 예쁘다.

며느리는 이웃의 자기 집에서 제사 음식을 일체 준비해서
오겠다 하고 딸은 딸 대로 저의 제사 모시는 일이 바쁘고
일해 주는 이모도 실장도 모두 쉬러 가고 없다.
나 혼자 덩그러니 남아 닭 모이도 주고, 화분에 물도 주고,

운동하며 하루를 보냈다.
밤에는 큰 아들 진근과 함께 긴 이야기로 명절 전야제를 보냈다.

정 교수의 첫 제사다.
올해는 과일도 풍성하고 달도 슈퍼문이라 한다.
정 교수가 집에 찾아오는 날 슈퍼문이 뜬다니 얼마나 축복인가.
환한 달빛을 안고 그가 성큼성큼 골목을 걸어오리라.
슈퍼문Supermoon은 지구를 타원형으로 공전하는 달이
지구에 가까이 와서 가장 크게 보이는 경우라 한다.
달과 지구 사이 거리가 평균 38만km인데 23만3000km로 더 가까워져
19년 주기로 그렇게 크고 밝게 보인다고 한다.
날씨도 맑고 달빛도 30% 더 밝다니 명품 명절이라 하겠다.

우리 가족은 아침 일찍부터 마음을 모으고 차례상을 차린다.
그렇게 건강하고 다정다감하던 분이 없는
이런 일이 아직도 믿기지 않는다.
작은아들 가족은 미국에서, 큰 손주 민섭은 중국에서 전화만 오고
큰 아들과 외손자 둘과 함께 차례를 지냈다.
아무래도 그이의 부재가 실감이 나지 않는다.
이렇게 제사를 모시고도 어디서 불쑥 나타날 것만 같은
이 그리움을, 우리 가족의 슬픈 현실이다.

차례를 마친 후 아빠에게 가자고 아들이 서두른다.

남양주 새소리 명당길(다산길 3코스의 별칭)은 아직 녹음이 우거지고
들녘의 오솔길은 풍성한 가을로 접어들며 우리를 반긴다.
한 여름, 묘소를 붉게 밝히던 아름답던 목백일홍 꽃은 다 지고 없다.
인간의 안태본인 시간과 공간도 생사 거래도 없는
영원의 그곳에서 그분 혼자 깊이 잠들어 있다.

나는 또 그분이 못 다한 일을 서둘고 싶다.
그분의 고향에 그분을 위한 일을 해야겠다고 안타까운 마음이
먼저 달려간다. 다시 그분께 슬픈 안녕을 고하고 집으로 돌아왔다.

추석날 밤에는 아들이 친구를 데리고 위문공연 왔다 한다.
내 쓸쓸함을 위로하려는 아들의 속마음이다.
내 어찌 내 아들의 그 깊은 배려를 모르랴!
사랑하는 아들 고맙다.

10월의 첫날

열어 놓은 창문으로 찬바람이 들어온다.
제법 가을이 깊어가고 있는 증거다.
뒷문 밖 늙은 매화나무도 주인을 잃고 외롭게 서있다.
10월 첫날, 비가 온다는 기상예보가 있었다.

비가 오고 바람 불면 나뭇잎들도 가지만 남기고
훌쩍 떠나간 이집 주인처럼 어디론가 사라질 것이다.
저들은 순산을 하듯 봄에 잎을 피우지만 가을엔 소리 없이
잎을 또 지운다.

잎새여!
가을날 바람이 너 잎새를 유혹하거든 남김없이 다 주어라.
세상은 덧없고 한 번 가면 그만이다.
욕심도 없고 야망도 없이
도인이나 선비처럼 빈마음 빈 몸으로 살다 가려니.
가을 하늘이 깊어 길을 가다가도 눈물이 난다.
거리의 여기저기에 낙엽이 뒹군다.

한밤중에도 부담 없이 통화할 수 있었던 친구가 무척 그립다며
마시던 술과 빈대떡을 들고 혼자 유택을 다녀왔다는
정 교수 친구의 전화다.
그와의 마지막 식사도 맛있게 먹었는데 자기의 감기가 옮길까봐
병원 방문도 못하고 보낸 것이 못내 안타깝다고 전한다.
아아 정 교수는 이리 두터운 우정을 곳곳에 심어 놓고 가셨구나.
그의 따뜻하고 속 깊은 마음씨를 새삼 보는 듯 눈시울이 붉어진다.

바람 부는 10월 초하루 날씨는 흐리고 마음마저 흐리다.
황홀한 단풍의 물결로 채색된 가을날에 들뜨고 철없던 10월이 아니다.
이제 진정한 삶으로 돌아와 나의 오늘을 차분히 정리하며
차곡차곡 기억의 곳간을 비우는 일이다.

비워진 영혼의 곳간에 그와의 추억을 차곡차곡 채워가리라.
가끔 채워진 곳간을 열어 그와의 아름답고 눈물겹던 추억들을
남 몰래 하나하나 꺼내보리라.
빈 골짝 들녘을 이리저리 흔드는 달무리
저도 바람에 많이 흔들릴 것이다.

존재는 빛이다

나는 한 마리 새다.
임 그리운 한 마리 새가 되어 그대 곁에 간다.
먼 산이 가까이로 다가오고 두물머리 풍성한 강물이
보이는 당신의 유택에 앉아 신문도 보고 오늘 해야 할 일을 한다.
하늘엔 흰 구름이 덧없이 떠가고 바람은 내 곁에서 서성인다.
머리칼을 스치고 지나가는 바람이 그대의 숨결인 양 감미롭다.
이 좋은 계절, 이 따스한 장소에서
그대와 마주앉아 저 강물을 함께 바라보고 있다 .
저 아래서는 이모가 깻잎을 따고
묘지 부근에서는 한실장이 풀을 한 아름씩 뽑아 들고 다닌다.
산 사람 집이나 죽은 사람 집이나 치우지 않으면 어수선하다.
낙엽이 널려있는 곳곳에 산돼지가 구덩이를 파고 잔디를 뽑아놓았다.

어느 분이 노란 국화 화분 두 개를 묘지 앞에 갖다놓았다.
정 교수의 제자이거나 동료 교수이겠지.
종일 뜨거운 햇살 때문에 하나는 말라 죽고
남은 하나는 밭에 심어 놓고 왔다.
정 교수 묘소는 그의 생전처럼 파란 잔디로 반듯해졌다.

낙엽 하나 없이 깔끔하다.
주말에는 아들이 기뻐하며 다녀갈 것이다.

무덤 저쪽 용문산이 병풍처럼 둘러져 있는데
그 주봉 말고 둘째 봉 약간 낮은 계곡과 정 교수 잠든 자리를
맞추었다고 오늘 방문한 조경회사 김 사장이 설명해준다.
풍수지리에 능한 그들이 알아서 잘 정해 주었겠지.
생전 그가 행한 반듯한 일들이 이렇게 보람으로 보여준다.

추석도 지났고 미루었던 아들 진근의 꿈을 위하여
산청 고향 집의 조경을 위하여 김 사장과 처음 만나는 날이었다.
요즈음은 금요일이 주말이다.
주말이면 거리의 사람들도 발걸음이 바빠지고 도로의 차들도 덩달아
바빠진다.

존재는 빛이다
투명한 빛이다
실체도 없는 그냥 투명한 빛이다

거미도 빛이고
여치도 빛이고
사랑도 빛이다

어둠에 묻어 두어도 빛나는 별

숨은 별이 더 크고 아름답다

풍덩 빠지고 싶다
하늘은 왜 저리 푸른가!
그 속에 푹 안기고 싶다
구름은 왜 저리 한가한가!

또 꽃은 왜 저리 예쁘게 피며
세상은 신통한 빛과 그림자
새는 왜 저리 슬프게 울어 쌓노!

온 천지는 빛과 그림자
빛이여 찬란한 빛의 광채여

-허윤정 「찬란한 빛의 광채여」

나의 졸시 「찬란한 빛의 광채여」를 그의 영전에 바친다.

귀뚜라미 울음소리가 사라졌다

가을은 이리도 스산하구나!

저들이 연주하는 가을소나타! 가슴에 파문이 인다.

허전한 귀 기울여도 그대 발자국 소리 들리지 않고

귀뚜라미 긴 울음소리에 가을만 깊어간다.

가을은 깊었는데 예전처럼 귀뚜라미 울음소리가 크게 들리지는 않는다.

지난 초여름 시골서 암탉 두 마리를 여름 삼계탕 보신용으로

보내와서 뒤뜰에 풀어놓았다.

그런데 그들이 귀뚜라미와 풀벌레와 지렁이를 다 잡아먹고

정 교수가 심어놓은 야생화와 참나물, 산 마늘 등도 모두 절단을

내 놓았다. 그럴 줄은 모르고 알을 낳으면 영양제가 된다고

이모님이 그걸 키우셨다.

알을 잘 안 낳는다는 말을 듣고 시골서 엉덩이와 몸집이 큰 암탉

두 마리를 다시 보내왔다.

시골서 잘 낳던 알도 여기서는 알을 낳지 못하고

야생화 뿌리와 풀벌레만 몽땅 참사시킨 소탐대실이 되어버린 것이다.

지금은 닭장을 지어 가두어 키운다.

며칠에 한 번씩 낳던 알도 안 낳는다.
없앨 수도, 같이 살 수도 없이 난감하다.
저들에게도 공해는 불임을 가져오는구나.
알을 낳지 못하는 닭들을 바라보며 애처로운 생각이 든다.
가슴이 섬뜩하다. 공기 좋고 넓은 공간에서 마음껏 자랄 너희가
어쩌다 서울 내 집까지 잡혀 와서 힘든 서울살이를 하는가?

처음에 왔을 때는 향나무 꼭대기에 올라가서 잠을 자고
시도 때도 없이 꼬끼오 하고 울었다.
이웃주민들에게 소음으로 폐가 되지 않을까 고민 했는데
위층의 은행원과 약사 아내가 내려와서 시골 닭소리가 좋다며
인사를 한다.
조금만 있다가 닭을 없앨 것이라고 하니
자기들은 닭 울음소리가 듣기 좋다고 계속 키우라고 한다.
냉혹한 도시의 이웃 관계에서 이런 화합의 소통도 옛 정서에서
다시 찾을 수 있는 것 같아서 조심스럽던 마음이 안도를 느꼈다.

큰 손주 민섭의 애완견도 못 키우고 시골집으로 보냈는데 민섭에게
닭 사진을 보냈더니 좋아라 해서 아이 올 때까지 키우고 싶어진다.

담쟁이덩굴은 이제 그 끝없는 욕망의 상승도 접고
벌써 겨울 채비에 접어들었다.
가을은 겸손의 계절인가 보다.

지나가는 사람에게도 나무에게도 꽃에게도
두 손 모아 절하고 싶어진다.

며칠간 괴산 세계산업엑스포에 다녀왔다.
중원대학박물관을 구경하며 중원대학 게스트룸에서 자고
그곳 영빈관에서 식사를 했다.
중원대학 총장과 김천주 회장, 충청지사와 차 한 잔의 시간도 가지며
1박2일의 여성 지도자 모임에 참석해 가을 마중 여행을 하고 돌아 왔다.

이런 모임에 참석하고 그곳에 몰입하다보면 그의 부재가 희미한
그림자로 퇴색할 것 같더니 더욱 뚜렷하게 실감이 나는 이 이중적인
병세는 무엇인가!
이 가을 어떤 모임도 어떤 좋은 작품도 나의 빈가슴을 채우지 못한다.
그를 보내지 못하는 나를 스스로 채찍질하지만 그럴수록 더
선명하게 다가오는 그의 부재를 나는 이 가을 심하게 앓고 있다.
쉽사리 치유되지 못할 내 슬픔의 원천이다.

귀뚜라미 한 마리가 밤새도록 가을을 연주하고 있다.
어제도, 오늘도 그렇다.
저 남은 귀뚜리 한 마리가 시조가 되어 대가족으로 불어나고
가을밤 정취를 돋우는 그들의 오케스트라 단원들도 많이 불어나
예전처럼 귀뚜라미 가을 콘서트 연주곡을 들려다오.

영혼의 도장道場

어제는 30년도 넘게 도와 인생을 공부하던 현정선원에 갔다.
일요일 낮과 수요일 밤은 언제나 다니던 곳이다.
그분은 소위 말하는 속가의 도인으로 불교 서적 두 권을 상재하신
대우선사님이시다.『그곳엔 부처도 갈 수 없다』와 그 영역판을
펴내시고『마음 놓고 쉬는 도리』를 그 다음에 출간하셨다

그분은 정태범 교수 생전에 직장 정년퇴직 할 때쯤 자기 법통을
이어 줬으면 좋겠다고 말씀하신 적이 있다.
정 교수는 교육의 연마 시간이 40여 성상 자아를 버릴 수
없었던지 그길로 그곳을 떠나고 나는 40대에서 지금까지
30년 넘는 세월을 그곳에 다니고 있다.
그곳은 내 영혼의 도장이다.
정 교수의 법명도 대우선사께서 지어주셨는데, 무행無行이다.

그런데 지금은 구순을 바라보는 나이시다.
연세에 비해 정정하시더니 역시 나이는 어쩔 수 없는 것인가 보다.
저토록 많은 종교와 철학을 두루 섭렵하신 그분의 높은 인품을

사모해온 나로서는 가슴이 짠할 수밖에 없다.
몇 주째 그분의 감기로 법회가 쉬었기 때문에 어제는 그분을 만나는
귀한 날이었다. 그분께서 수척한 얼굴로 오셨다.
무심하고 담담한 모습이 꼭 정 교수 마지막 얼굴 표정과 똑 같다는
착각을 했다. 평소의 다정다감한 눈빛은 보여주시지 않는다.
나는 뒤쪽 자리에서 눈물을 흘리고 있었다.
꼭 엄마가 우리를 버리고 어디로 가실 것만 같은 예감 때문이다.
정 교수의 마지막 즈음 삶과 죽음을 초월한 표정을 다시 보는
느낌이었다. 가슴에서 벽 하나가 허물어지는 느낌이다
생각에 생각을 거듭해도 아쉬움뿐이다
정 교수도 나를 두고 가버렸는데 스님까지 가버리시면 내 영혼은
어디에 기대어 살아야 하나 나의 생에서 나를 다 주어도 모자라는
귀하신 분들이다.

돌아오는 가을 햇살은 아직 온기가 남아 있다.
돌아오는 길에 서점에 들러
도티 빌링턴의『멋지게 나이 드는 법』을 샀다.
책의 한 구절이 가슴에 와 닿았다.
"지금 나이가 몇 살이든 간에 우리 내면에는 우리가 상상도 못할
거대한 잠재력이 숨어있어 그 힘이 발휘되기만 기다리고 있다.
앞으로 우리는 새롭게 변화하고, 의미와 목적이 있는 삶을
살 수 있으며 모든 면에서 성장할 수 있다"
단풍의 볼이 붉다.

홍윤숙 시인

10월 하늘은 예전처럼 푸르다.
구름은 하얀 옷고름을 풀어헤치고 유유히 가을 하늘을 유영한다.
나의 스승 초정이 떠나던 날도 붉게 단풍이 물드는 이맘때였다.

오늘은 한국시단의 대모 격으로 통하는
홍윤숙 시인이 마지막 가는 날이다.
칠순 잔치에 입었던 옥색 모시 저고리의 단아한 모습이 우리를 반긴다.
그의 시 장식론은 지금도 견고하다.
대한민국의 여류 중 홍선생님의 작품처럼
시적완성도 높은 시가 있을까!
선생님은 오랫동안 병마를 안고 사시면서도
시작의 끈을 놓지 않으셨다.
그의 작품이 말하듯이 선생님의 일성 또한 얼마나 절도 있는
삶이셨던가.

얼마 전 안부전화만 하고 찾아뵙지 못했던 아쉬움이 남는다.
시인이 다니던 청담동 성당에서 마지막 예배를 보고
양재동 추모공원에 도착 후 머무름도 없이 작은 명찰만을 단 채로

바로 화장장으로 직행하셨다.
생이란 이리도 허무하게 한 줌 재로 남는 어설픈 과정이었나?
오랫동안 병고에 시달려서인지
그의 가르침을 받던 시인 몇 분 외 다른 시인은 볼 수 없었다.

그렇게 아파하고 고뇌하고 번민하던 시인의 한 생애는
한 시간 조금 넘는 시간에 아주 잘게 부서진 재가 되었다.
한지에 약첩을 싸듯 곱게 접어 유골함에 넣은 후
흰 보자기에 싸서 유족에게 건네준다.
일행은 다시 차를 타고 용인시 천주교 서울대교구 공원에 도착하여
간단한 예배 후 먼저 가신 남편 묘의 허리쯤에 잔디를 파내고
몇 송이의 국화꽃과 성수를 뿌리고 마지막 작별 인사를 하며,
그분은 이승과 마지막 작별의 손을 흔든다.

따님은 눈시울을 적시며 고맙다는 인사말을 조용히 건넨다.
그의 손녀딸이 준비한 하얀 수국 꽃이 화사하다.
박근혜 대통령과 현대문학과 김시인의 화환이 이곳까지 전송을 왔다.

노환으로 이승과 하직한 90세의 고인은 평안북도 정주 출신으로
『예술평론』에 「너의 장도에」 등을 발표하며 등단했다.
한국여류문학인회 회장, 한국가톨릭 문우회 회장,
한국시인협회 회장 등을 지냈고 1990년 대한민국예술원 회원이 됐다.
1962년 『여사시집』을 시작으로 『풍차(1964)』『일상의 시계소리』

(1971) 등 다수의 시집을 냈다.

한국시인협회상, 대한민국문화예술상, 보관문화훈장 등을 받았다.

자택이 장충동이라 가까운 신라호텔에서 만나 식사한 기억이 난다.

10년도 넘는 세월을 병마와 싸우면서 시는 더 깊어졌다.

우리 문학사에 빛나는 시인 한 분을 또 보내드려야 하는 마음이
서글프다.

정 교수와 감나무

원래 정 교수는 농촌 출신이라 나무 가꾸는 것을 좋아했다.
한국교원대학교의 교수아파트 옆 농로와 빈터를 산책로로 만들어
아침마다 잔디를 심고 20년을 넘게 가꾸었다.
교수들 골프연습장도 만들고 지리산 고향길을 오다가다 얻은
감나무와 보리수나무를 심어 정년퇴임 할 때쯤은
커다란 대봉감이 주렁주렁 열렸고 교원대 산책길은
붉은 보리수동산이 되었다. 후대를 위한 그의 배려였다.
그대는 떠나도 그대의 흘렸던 땀은 헛되지 않았다.

그때의 교수들도 다 떠난 지금은 어떻게 변화되었는지 알 수가 없다.
정 교수의 나무사랑 열정은 그 당시 아파트 경비 아저씨만
기억할 것이다. 지금 그곳에 한번 다녀오고 싶다.
아침마다 땀에 젖은 바지를 벗으며 후세 사람들이
내가 심은 과일을 따 먹겠지, 하던 정 교수가 새삼 그립다.

그는 늘 사랑의 눈으로만 세상을 보았다.
내일 지구의 종말이 온다 해도 나는 오늘 사과나무를 심으리라던
스피노자의 말처럼 그는 조용히 늘 자신을 앞세워

세상을 밝혀 나갔던 분이다.

충북 청원 한국교원대학교 교수 시절이다.
정문 근처 어느 식당에서 후식으로 나온 먹감이 맛있다 하니
그 주인이 먹감나무 묘목 세 그루를 정 교수에게 선물했다.
학교에 두 그루를 심어놓고
한 그루는 서울 우리집 뜨락에 심어 기르다 서래마을로 이사 올 때
정 교수 서재 앞으로 옮겨 심은 나무다.
그가 가시고 난 후 나는 그 감나무를 그를 보듯
들며날며 바라보곤 했다.
그가 얼마나 정성을 들여 돌보아온 나무이던가.
나무는 그런 주인에게 보은이라도 하려는 듯 제법 많은 열매를 맺어
우리 부부를 행복하게 해 주었다.

처음엔 10년을 키워도 감이 열리지 않았다.
그러다가 지난해부터 먹감이 아닌 대봉감이 열 개씩 넘게 열렸다.
정 교수는 서리가 내린 초겨울 볼이 붉어 탐스런 감을 수확하여
3개는 까치밥으로 나무 위에 남겨두고 좋은 것만 골라서
빌라 2층과 3층에 두 해 연속 2개씩 직접 가져다 드렸다.

지난해는 퇴원 후 병석에서 가을을 맞았다.
정 교수가 글을 쓰며 내다보던 창밖에 올해는
40개 넘게 주렁주렁 달렸다.

나는 그에게 많이 달린 감 얘기를 들려주며 그의 쾌유를 빌었다.
주렁주렁 달린 감들도 주인의 쾌유를 얼굴을 붉히며 빌었으리라.

20년도 넘은 집 뒤뜰의 기존 감나무는 맛이 없다고 버려진 나무
취급을 받았다. 그 뿌리에 생선 씻은 물이나 약 찌꺼기를
계속 주었더니 맛이 일품이 되었다.
하지만 나무가 커지면서 아래층에서는 감 따는 일이 어려워졌다.
첫 해는 정교수가 따서 세 가구가 사이좋게 나누어 먹었는데
지금은 따기 좋은 3층에서만 따서 저들만 먹는다는 이야기를 들었다.

그런데 정 교수가 이사 오면서 심은 감나무에 열린 풋감을
2층에서 미리 따버린 것이다.
우리 부부의 정다운 이야기가 많이 담겨진 나무인데
가슴이 터질 듯 아프다. 나는 하루 종일 앓아누웠다.
정 교수와 우리 가족의 추억을 익히던 붉고 큰 감을
한 소쿠리 담아 놓고 정 교수와 친했던 분이라도 불러
그 분과의 추억을 회상하고 싶었는데 올해는 그도 어렵게 된 것이다.
정 교수 묘소를 찾아갈 때는 가장 좋은 대봉감을 많이 사서
그이 제단에 올려 놓으리라. 참 쓸쓸하고 가슴 아픈 가을날이다.

비 오는 가을

지구에서 인간이란 종이 번식하여 지구를 제멋대로 난도질하고 있다.
만물의 영장이란 허울 좋은 빌미로 말이다.
하나님은 우리 인간에게 땅을 지배하라고 명령하셨다.
그것은 지구를 정복하라는 뜻이 아니고 섬기라는 뜻일 것이다.

가을날 떨어진 낙엽이 대지를 덮어간다.
인간은 낙엽처럼 뒹굴며 떨고 있다.
복잡다단하게 얽히고설킨 인간들의 미로!
이제 신도 제도할 수 없는 영역이 되어버린 모양이다.

전능하시다는 신은 침묵일로였다.
신이시여
당신의 전지전능하심을 보여주소서!
허공처럼 무반응, 무심한 눈초리,
그 냉정한 신의 침묵 앞에서
인간들도 침묵한다.

엄청난 재앙 앞에서도 한 마디 원망 없이

그것이 신의 뜻이라고 믿는 것일까?
언제나 말이 없으신 당신,
이 가을날 당신도 슬픈 사색에 잠겨
저 갈 곳 몰라 흔들리는 낙엽을 보고만 계시는지요.

팔팔하고 싱싱한 젊음을 마감한 나뭇잎들은
이제 황금색이나 붉은색으로 옷을 갈아입고
허공을 달려가고 있네요.

우리도 저리 남은 목숨 활활 태우다가
홀연히 어느 허공 속으로 사라져갈 것이다.
나의 목숨 반쪽, 가버린 사람을
흙 속에, 바람 속에 묻어 놓고
비 오는 가을날 슬픔에 잠긴다.

세종대왕의 인본주의와 그 업적

모국어로 시를 쓰며 아름다운 조국 강산에 살고 있다는 사실이
큰 축복이다.
한국 문화가 세계의 중심에 있다는 것은 의심할 여지가 없다.
우리말과 한글은 우리의 넋이고 혼이다.
한글이 만들어진 600년 그 질곡의 세월 속에서
문화는 찬연히 빛나고 있다.

자기 문자와 언어를 가진 동방의 작은 나라
나의 조국은 축복 받은 자랑스러운 민족이다.
우리 한글은 세계 어느 언어보다 과학적이고 미학적이며
아름답게 빛나는 창의적인 글이다.
독일의 철학자 마르틴 하이데거는 언어를 존재의 집이라고 했다.
언어 자체가 곧 존재라는 말인 듯하다. 그렇다.
하이데거의 갈파가 아니더라도 언어가 없이
어찌 소통을 말할 수 있으랴.
세상은 곧 소통이다. 문자의 소통이 곧 언어의 소통이다.
과학문명이 발달한 금세기는 더욱 문자의 소통이 중요시 된다.
우리가 IT강국으로 우뚝 설 수 있었던 것도 한글의 우수성 때문이란다.

그 간결한 문자가 동시에 디지털화 할 수 있는 문자구조이기 때문이다.
중국어도 두 번 이상 변형해서 써야 하고
일본어는 카다까나 히라까나의 복잡성 때문에
한 번 이상 글자변형을 해야 표현이 된다고 한다.

훈민정음(한글)은 세계기록문화유산으로 등재되어 있다.
미국 영국 일본에서 한글학교가 운영되고 있는가 하면
세계 80여개 나라의 대학에는 한국어 강좌가 개설되고 있다.
겨레와 함께 영원불멸의 문자 한글이 우리 조국의
제1호 문화 국보로 영원히 빛날 것이다.
인문학 분야의 질을 높이고 문화를 바로 잡아야 민족정신도
바로 설 수 있는 것이다. 제 나라 말과 글이 없는 민족은
문화적 식민지이거나 강대국과의 종속적인 관계일 수밖에 없다.
대한민국이 좁은 영토의 소수 단일민족으로
반만년 역사를 유지해온 동력은 우리의 말과 글이 있기 때문이다.
말과 글이 없으면 끊임없이 잘못 전달되고 변질되어
끝내는 종적을 감추게 된다.
실제로 잉카문명이나 마야, 아프리카의 오지 부족,
아마존 지역의 인디오들은 그들만의 말이 있을 뿐 글이 없으므로
한때의 화려한 문명이 역사의 뒤안길로 사라지거나,
여전히 원시와 야만에서 벗어나지 못하고 있다.

우리는 우리의 고유문자 한글이 있기에 세계 속에 단일민족으로

당당하게 우뚝 설 수 있었던 것이다.
역사는 다양한 문화를 만들고 그 문화는 또 다른 정서를 만든다.
우리나라는 반만년 오랜 역사와 문화를 가진 슬기로운 문화민족이다.
우리는 세계적으로 그 우수성이 가장 뛰어난 한글을 가진
민족이기에 앞으로의 가능성은 무한하다.

세종은 지식 경영도 꽃을 피웠다. 백성을 지극히 사랑하였던 세종은
한글 창제를 반대하던 최만리 등에게 음운을 아느냐고 크게 꾸짖고
세종 28년(1446)에 백성을 위하여 훈민정음을 반포하였다.
한문을 중시하여 한글 창제를 반대하던 최만리 등
유학자들의 반대상소를 물리치고 성균관 유생들을 독려하여
한글 창제에 박차를 가한 세종 임금의 뛰어난 업적이
수세기를 넘은 지금 민족의 가장 큰 자랑거리가 되어
민족중흥의 첫 번째 가는 기수가 된 것이다.
이 어찌 위대하지 않으랴! 이 어찌 감사하지 않으랴!
이는 세종의 가장 빛나는 업적이라고 할 수 있다.
디지털 시대를 맞아 언어학자들은 天 地 人,
즉 하늘과 땅과 사람을 중심으로 창제된 훈민정음,
그러기에 여러 글자 중에서 최고의 글자로 평가 받는다고 여겨진다.

자음 모음 24개만으로 모든 소리를
한 번의 컴퓨터 좌판에 입력할 수 있는 글자는 한글뿐이다.
중국어는 400개, 일본어는 단지 300여개의 소리만을 표현할 수

있는데 한글은 8,800개의 소리를 한 번에 표현할 수 있다.

그래서 한글은 세계의 글자 중 단연 으뜸일 것이다.

오늘날 문맹율 0%에 가까운 한국이 세계한류문화의 메카로

자리매김한 것도 세종대왕의 업적이라 할 수 있다.

-서울문학인대회 기념문집『한글 한국문학의 세계화』수록 원고에서 일부 발췌

시詩의 날

'시詩의 도시 서울 프로젝트'의 일환으로
시민과 함께하는 시의 날 행사가
문학의 집 · 서울 산림문학관에서 있었다.
주최는 서울특별시, 주관은 한국시인협회에서 맡게 되었다.

(사)한국시인협회는 1987년부터 시의 날을 개최해 오고 있다.
서울시와 함께한 이번 행사에는 오세영, 신달자 등 원로 시인의 축사와
문단 신진 시인들의 시낭송, 소프라노 이은정의 축하공연이 있었다.

시란 나에게 무엇인가!
시를 위한 반평생 동안, 한 순간도 그 마음 버린 적이 있었던가.
아니다! 나는 시를 버리지 않았다.
못생겨도 끌어안고 보살피고 사랑했다.
그렇다고 해서 좋은 시가 써지기는 했던가.
번민과 고뇌 속에서 아무것도 이룬 것 없이 시를 쓴다고 애만 썼다.
한평생 시인이란 명패 걸고 살면서 사람들에게 사랑받는 명시
몇 편쯤은 남겨야 하는데. 나는 무얼 하고 있는가?
나는 내 삶의 우선 순위를 시에게 두었다.

문화의 꽃이 문학이고, 그 문학의 꽃이 시다.
국가 경영에서 경제도 정치도 중요하지만
그 무엇보다도 문화가 기본이고 바탕이다.

우리에게는 세계적으로도 빛나고 자랑스러운 한글이 있다.
우리의 혼이며 넋인 한글이 있기에 문명국으로서의 발전도 빠르다.
21세기 디지털 세계에서 다른 나라를 제치고
우리가 우뚝할 수 있었던 것도 한글의 우수성 때문이라고 한다.
그런 아름다운 우리말과 우리 글자로 세계에 빛나는 시를 써야지.
우리나라는 한글이라는 토대가 있었기에 발전했고,
그로 인해 무한한 가능성을 펼칠 수 있었다.

내 나라 내 글로 시를 쓰고 있다는 사실이 너무 행복하다.
이런 자부심 때문에 시인은 살아 있으며 한국의 문화예술도
영원히 살아남을 것이다.

그런데 서울시에서 개최한 이번 행사는
타이틀만 그럴듯한 빛 좋은 개살구다.
시장을 포함한 누구 하나 코빼기도 보이지 않았다.
그 흔한 화분 하나, 축사 한 마디도 없다.
작은 문학동아리 행사보다도 초라한 대접이다.
물론 시의 세계에서 고위 공직자의 출연이 무슨 의미이랴!

진정한 시인이라면 그런 세속적인 일에 무심해야 하는데
그래야 시인의 자존심을 지킬 수 있는데.

들리는 소문에 의하면,
서울시는 시인 한 사람당 3000원의 식대를 책정했다고 한다.
그것은 김밥 한 줄 값도 안 된다.
그 높으신 분들에겐 시인들이 어디 거리 노숙자로 보이는 모양이다.
이런 날은 시인들과 시를 사랑하는 사람들과 한데 어우러져
서로 소통하며 어려운 시대의 난제를 풀 대화를 주고받으면 어떤가.
오고 가는 대화에서 서로에게 귀한 시간이 되었을지 누가 아나.
돌아오는 차 안에서 원로시인 몇 분과 더 심한 이야기도 있었다.
어느 정치인의 출판기념회를 떠 올리며
시 한 편의 원고료가 얼마나 되는지
시인이, 또 문화예술인이 걸인 취급받는 이런 현실을
그들에게 알리고 싶다. 하지만 어떠랴!
우리는 우리끼리 우리 영혼의 고향인 시를 찾아 길 나서는 일이다.

친구야, 안녕히!

참새처럼 재잘거리던 여학교 반장 친구의 비보다.
이런 비보를 접할 때마다 쿵하고 가슴이 내려앉는다.
또 보내야 하는구나! 생자필멸의 인생 누구나 알면서도
이 영원한 이별 앞에 무심할 자 누구겠는가!

내 마음은 아직도 교정의 세라복 입은 철부지 소녀인데
하마 늙어 정다웠던 친구를 이리 속절없이 보내야 하다니!
세월이 무상하다.
2남 1녀를 슬하에 두었는데 남편은 아직도 젊어 보인다.
세종호텔에서의 역대 사임당 모임을 끝마치고 서울대학병원에 갔다.
어제에 이어 오늘도 검은 동기들의 비둘기 떼가 많이 모여 있다.

그들은 모두 예쁘게 나이든 친구들이다.
부산 수정동 경남여고 교정의 목련은 하늘만큼 키가 컸다.
하얀 햇세의 구름이 뭉게뭉게 떠가면 세라복 소녀들의
꿈도 하늘 높이 커 갔다. 멀리 바다의 파도소리가 꿈결인 듯 들리고
해풍이 우리들 갈래 머리칼을 마구 흩날리던 그 시절!
파초 옆에서 체육복을 입고 사진도 찍고, 교정 등나무 밑에

울려 퍼지던 아름다운 선율··· 한없이 가슴이 부풀었던 그 시절은
우리들의 찬란하고 황홀한 꿈의 계절이었다.

미국으로 이민 간 친구와 먹던 점심시간의 도넛은
지금 생각해도 군침이 돈다.
그녀는 서울대 문리대를 나왔다.
정 교수가 대학시절 교정에서 자주 만나던 친구다.
우리가 결혼할 때는 서울서 부산까지 와서 웨딩 곡을 연주해준 친구다.
지금도 미국에 살면서 가끔 한국에 온다.
소녀시절은 가고 칠순을 다 넘긴 노년의 여인들도 아직 꿈은 그대로다.

이제는 가끔 비보를 접하는 세월이다.
조금 있으면 친구 하나와 이승을 하직하는 아침 시간이다.
그녀는 남에게 폐 한 번 안 끼치고 모범인생으로 살았다.
잘 길러 놓은 아들 며느리들이 나란히 서서 검은 상복으로 나를 반긴다.

경남여고 3학년 2반 반장 김천혜, 이승을 하직하는 날!
고운 꽃이 지는 것처럼 우리도 언젠가는 가야지.
친구야 잘가라. 그대 먼저 가서 그곳에 어여쁜 보금자리 만들고 있게나.
우리 머지않아 당신의 뒤를 따라가리니!
친구야, 그만하면 이승살이 잘 했다.
단정하던 네 모습처럼 가지런했던 너의 길, 세상은
너를 보고 수고했다고 위로하리니 친구여 안녕히.

12월에 서서

쓸쓸한 빈 마음 미친 척하면서 살기로 했던가.

구석방에서 종일 노래를 듣는다.

또 한 해를 보내야하는 12월이다.

정 교수가 내 곁을 떠난 지도 수 개월이다.

이 추운 계절 마음도 춥고 계절도 춥다.

그가 계시는 곳은 춥지 않을까?

평생을 올곧게 살다 가신 분이니 그곳에서도 잘 계시겠지.

그런 상상은 늘 위안이 되지만 다른 한편 염려도 앞선다.

잘 계시겠지, 잘 계실꺼야!

자신감 속에 안도의 숨을 내쉬며 잠자리에 든다.

생애를 걸쳐 한 점 흠도 없이 살아가신 분!

나는 안심이 되고 그에 대한 믿음이 가득해서 큰 걱정은 안하지만

그래도 가끔은 이렇게 마음이 슬퍼질 때가 있다.

계절 따라 가버린 사람, 순간은 그대와 함께 사라져간다.

슬픔의 순간도 기쁨의 순간도 노년의 언덕으로 기울고 있다.

소중하면 더 감추고 아껴야 한다.

예술이나 사랑도 다 보여주면 안 된다고 누군가가 말했다.

시도 그렇고, 노래도 그렇다.
속으로 우는 울음이 더 슬프지 않더냐.
12월도 얼마 남지 않았다.
자숙하고 겸허한 마음으로 한 해를 마무리하자고 다짐한다.
기도하는 마음으로 살자.

저 벗은 나무를 보아라.
빛나던 것을 다 버리고 빈가지로 남아
추위와 맞서는 저 강인함을 보아라.
저 여린 가지들이 혹한과 맞서며
물관에 길을 내어 새봄을 약속하고 있다.
마디마다 여린 봉우리 가을부터 이미 봄을 준비하고 있는 나무들!
준비하지 않고 노력하지 않는 삶은 언제나 헛도는 바퀴일 뿐이다.
감미로운 음악 속에서 밤은 깊어간다.
인생은 외길이다. 잘못 든 길이면 돌아오기 어렵다.
삶이여! 함부로는 살지 말자.

첫눈 내리는 날

펄펄펄 눈이 내린다.

나뭇가지에도 지붕 위에도

온 세상 하얗게 눈이 내린다.

그대의 처소 둥근 지붕 위에도 눈은 와 쌓이겠지.

그대 창밖 바라보며 펄펄펄 내리는 흰눈을 바라보라.

그 시절 우리는 얼마나 행복했던가.

칭얼대는 아이들을 재워놓고

눈 내리는 창밖을 함께 바라보던 젊은 시절아!

고요하고 엄숙한 세상, 눈이 내린다.

가신 님 그대 하얀 얼굴로 눈이 내린다.

그대는 무정한 사람 꿈속에도 보이지 않네.

산모롱이를 돌아

대숲을 지나

머나먼 하늘 저쪽으로

그대 떠나가고

남겨진 나 홀로 눈 오는 창밖을 바라보네.

그대 배꽃 같은
하얀 눈을 맞으며
뒤돌아보지도 않네.

첫눈이 내리는 날.
황량한 들판을 기차는 달리고
은빛 억새꽃 바람에 허리 휘이는
간간이 서는 간이역 불빛이 희미하다.

한 발짝도 뗄 수 없다.
미로를 달려온 우리의 귀착지
슬픈 꿈 바로 그 자리에
내가 홀로 서 있네.

당신께로 가는 길

지상의 불빛들 참 찬란합니다.
잠들지 못하는 영혼들입니다.
먼 곳 그대도 저 별빛을 보며
지상의 별 하나를 그리워하겠지요.

겨울나무처럼 추워하던 나를 감싸주던 그대
지금은 어디서 저 별들을 바라보고 계신가요.

그처럼 사랑하던 아이들
그처럼 사랑하던 꽃들 새들
잊지 않으셨지요.
사랑하던 사람들이 많이 그리웁지요.

저 강가의 불빛도
천상의 별빛보다 더 찬란합니다.
강물에 빠진 저 불빛들이
당신의 눈빛처럼 빛나고 아름답습니다.
그 불빛 속엔 당신의 별이 울고 있습니다.

내가 그대를 찾지 못하듯
그대도 나의 노래를 찾지 못하고
저 하늘가를 서성이시나요?
초저녁의 저 별들이 돌아가야 할 시간입니다.
오늘 밤도 늦었습니다.
하염없이 강가를 서성이던 나도 돌아가렵니다.
그대도 돌아가 안식을 취하십시오.

그저 그렇게 있는 듯 없는 듯
구름처럼
바람처럼
오늘은 그대와 나
둘이 찾던 고향집
저 혼자 다녀왔습니다.

가고 오는 먼 길
그대가 등 뒤에서 나를 지켜주고 계신 것
나는 이미 알고 있었습니다.

당신의 정 올림.

어떤 만남

우리는 살아가는 동안 셀 수 없이 많은 만남을 가진다.
세상의 모든 일은 만남으로 이루어진다.
그 만남 중에는 소중한 만남이 더 많다.
지금까지 살아오면서 나쁜 만남에 대한 기억은 별로 없다.
의도하지도 않았는데 우연히 만난 기분 좋은 만남
그 만남을 필연이라고 말하고 싶다. 어제는 좋은 만남의 광장이었다.
인사동 어느 깊숙한 골목 문패도 생각나지 않는 막걸리 집에서
작은 콘서트가 있었다. 그 집에서 저녁 식사까지 하고 자리를 옮겨
명동 무아無我 카페에서 연주되는 연말 콘서트장으로 이동했다.
거기는 노래를 좋아하는 많은 사람들이 모여 있었다.

끼 있는 사람 곁에는 끼 있는 사람들이 모여들게 마련이다.
끼 ! 얼마나 좋은 우리말이냐! 끼가 있는 우리 민족 !
그 끼가 문화와 예술을 만들어 낸다.
소르본느 대학을 나온 현주용 샹송 가수와
고래사냥을 작곡한 김상배 선생, 구봉서의 큰아들 외
여러 모르는 끼 있는 사람들의 흥겨운 송년잔치다.
그날 밤 경비는 일체 김상배 선생님이 부담했다.

흥겹고 끼가 많은 연대 국문과 출신의 그는 김동건 아나운서와
친구지간이란다.

인문주의를 부르짖으며 야인생활을 하는 눈물도 많고 인정도 많으며
섬세한 사람의 인상을 풍겼다.
온 무대를 휘저으며 자기가 작곡한 노래 고래사냥을
그렇게 잘 부를 수가 없다.
폭발적인 매너의 소유자였다.
참 부러울 정도로 많은 끼와 재주를 가진 사람들이었다.

한바탕 굿판이 어우러진 밤의 축제는 끝나고 늦게 우리는 헤어졌다.
순간적인 만남은 이렇게 어우러져서 무슨 역사를 만들지
알 수 없는 일이다.
시의 완성은 노래로 승화하는 일일지도 모른다.
나는 그의 곡 고래사냥을 좋아한다.

얼마나 재미있는 노래인가. 이 시대 젊은이들 마음을 대변한
얼마나 멋진 풍자인가.
멜로디의 위트와 후련함이 세월이 가도 자주 회자되는
좋은 노래가 아니던가.
그의 끼가 예상치 못한 히트곡을 다시 한 번 만들 것 같은 느낌이다.
조용히 그의 후속 성공작이 나오길 기대해 본다.

한국여성문학인회 50주년 행사

명동의 동보성에서 귀빈을 모시고
한국여성문학인회 50년사 출판기념회 및 송년 모임이 있었다.
각 문학 단체장과 우리 회원들 300여명 모였다.
도도히 흐르는 역사의 물결 속에서 한국여성문학 50주년 행사는
거룩했다.
소리새의 '그대 그리고 나'의 노래도 좋았지만
질서를 잘 잡아준 장충렬 사회자와 최금녀 이사장의 노고가 빛나는
행사였다.

50년사 책에는 역대 회장의 회고문을 비롯하여 현재 회원의
추억담과 몇 분의 평론가 평설이 실렸다. 역대회장 중 박화성,
최정희, 모윤숙, 임옥인, 손소희, 전숙희, 조경희, 한무숙, 강신재,
홍윤숙 등 작고 회장의 회고록은 가까웠던 문인들의 회고담으로
실었고, 김남조, 이영희, 구혜영(작고), 송원희, 박현숙(작고),
추은희, 김후란, 정연희, 한말숙, 허영자, 김지향, 김지연, 이옥희,
한분순 등의 순으로 글이 실렸다.

한국여성문학인은 거의 다 모인 축제의 행사였다.

한국을 대표하는 자리여서 많이 조심스러웠다.
처음 한국여성문인회가 만들어지고 그 초기의 결집력과 파워가
지금은 조금 해이해진 느낌이 들기도 하지만 50년사라는
방대한 역사를 기록하여 이만한 책으로 전할 수 있다는 게
또한 이 단체의 저력이기도하다.
내용도 충실하고 편집도 맘에 들었다.
누군가의 많은 노고가 들어있는 귀중한 자료가 될 것이다.
그간 우리 여성문인회가 배출한 훌륭한 면면들도 얼마나 많은가.
역대 회장을 역임하신 면면들만 보아도 절로 고개가 숙여지는
우리문단의 대가들이 아닌가. 참으로 장한 일이 아닐 수 없다.
무겁고 중후한 책장을 넘기며 나 역시 감회가 새롭다.
앞에는 빛바랜 사진도 희미하게 실려 있다.

아무튼 여흥도 있었고 송년 파티는 즐거웠다.
가나다순으로 글이 실리기 때문에 나의 글은 언제나 꼴찌에 실린다.
내 테이블에는 김여정, 이병남, 노향림, 정명숙 수필가가 앉았다.
정명숙 선생님은 내 손을 잡고 오랫동안 귓속말로 속삭였다.
자기는 33년 전 50대에 혼자되었노라고, 그래도 잘 살고 있노라고.
남편 조풍년 선생에 대한 그리움과 함께 사람 가고 난 후의 세상인심도
많이 느꼈다며 위로의 말씀이 있었다.

오전 11시에 시작한 행사가 집에 오니 오후 3시였다.
저녁 시간에는 가족 잔치가 있었다. 중화요리 집에서 식사를 한 후

노래방에서 즐거운 시간을 보냈다.

한 해를 3일 남겨둔 하루는 그렇게 가고 있다.

동석했던 소설가 이병남 선생님은 다음날 올해의 노벨문학상 수상작품집인 『전쟁은 여자의 얼굴을 하지 않았다』를 사서 선물로 보내주셨다.

2015년의 마지막 이틀

무슨 음모를 꾸미는지 먹물을 뿌려놓은 밤은 점점 깊어만 간다.
오늘도 늦게 돌아오는 길 강변의 불빛은 찬란했다.
하늘의 별을 죄다 뿌려 놓은 듯 휘황하다.
우리 어린 시절 알전구 하나로 온 식구가 버티던 세월도 있었다.
참 격세지감이 든다. 가로등의 불빛이 그대로 투영된 강물은 별들을 꿰어 놓은 듯 너무나 아름답다.
이렇게 우리는 축복을 누리고 있는 것이다.
흔히 말하기를 우리가 6 · 25 세대라고 한다.
일제의 탄압과 6 · 25 그 쓰라린 고통의 터널을 지나온 세대이다.
그후, 4 · 19와 5 · 16 광주사태등 격동기의 고달픈 삶을 살아온 세대들이다. 나는 6 · 25때 부산서 살았다.
굶주린 고통은 없었지만 동대신동에서 부산진까지
산을 넘어 걸어서 학교를 다녀야 했다.

그때의 시간은 그야말로 슬로우시티의 시간들이라 측정할 수가 없다.
아무튼 고생은 우리 세대가 다한 것 같다.
지금 생각하면 그래도 그때는 어렵고 힘들었지만 나름대로 낭만이 있었다. 지금처럼 각박하지는 않았다.

그때 눈이 하얗게 쌓여 허리까지 오는 산길도 걸었다.
남학생들이 떼로 몰려오면 무서워서 덜덜 떨었고,
산에는 공동묘지도 있었다.
봄이 오는 길목엔 꽃이 피고 능선 고갯길에는 산딸기가 빨갛게 익던
추억도 아련하다.

집 뒷산 아래는 동아대학교 들어가는 입구인데 교회 마당에서
큰 드럼통에 꿀꿀이죽을 끓이던 광경이 아직도 눈에 선하다.
지금의 젊은세대가 꿀꿀이죽을 알기나 할까.
먹을 것이 없어 버리는 야채나 기름덩이들을 주어다 밀가루를 풀고
끓인 꿀꿀이죽조차 없어서 먹기 힘들던 시절도 있었거니
거기에 비하면 오늘은 얼마나 많은 축복을 누리고 있는 것인지.
집집마다 전화기를 몇 대씩 소유하고 있으며,
청소기 세탁기 텔레비전 등과 함께 먹는 음식보다 버리는 음식이
더 많다. 집 주위에는 새 살림을 몽땅 내다버린 광경도 종종 보인다.
옷은 또 얼마나 많이 버리는지 풍요의 절정을 넘어선 과잉이다.
그것이 아무리 새 옷이라도 사람들은 거들떠보지도 않는다.
이런 풍요를 누리며 살고 있지만 지구 저쪽이 아닌 우리의 이웃은
어려움이 없는지 살펴야 되는데 그게 쉬운 일은 아닌 것 같다.

나는 노래를 좋아한다. 요즘은 송년회가 있는 곳마다 가무다.
어제 여성문학인회 50주년 행사도 뒤끝은 노래였다.
가족 모임도 끝은 노래방이었다.

오늘 후배의 시집출판회도 노래판이었고 김남조 시인과 함께한
예술의 집에서는 장장 2시간 50분을 시노래 마을 송년콘서트로
시간을 보냈다. 이것이 옛사람들의 가무라 하면 우리의 미래 또한
심히 우려되는 일일 것이다.

그러나 감히 나는 그럴 리 없으리라 확신하고 싶다.
그것은 감미로운 휴식일 뿐 잡기가 아니기 때문이다.
시에 곡을 붙이면 그건 이미 노래가 아닌가.
오늘도 유명한 시인들의 시에 곡을 붙인 가곡의 밤이었다.
언젠가는 내 시에도 곡을 붙여 아름다운 노래로 울려 퍼지리라.
나는 노래를 부를 줄도 모르면서 노래 속에 산다.

자다가도 노래, 차 안에서도 노래, 인터넷에서도 노래,
그 속에서 살고 있다.
나는 밥은 굶어도 노래가 좋다는 말도 안 되는 소리도 한다.
오늘 저녁에는 김남조, 신경림, 신달자, 천양희 외
많은 시인들이 자기 시를 직접 해설하고 그 시에 가곡을 붙여서
긴 시간을 노래했다.
피곤한 줄도 모른 채 밤이 꽤 깊은 시간에야 귀가했다.

새해를 맞으며

유년의 고향마을, 비 그친 후 집 앞을 흐르던 시내처럼
2015년은 말끔히 흘러갔다.
세상에서 제일 슬프고 서럽던 남편과의 이별마저도
아무 일도 아닌 듯 그렇게 지나갔다.
오늘은 하루 종일 혼자서 책을 읽었다.
배달되는 책과 신문들, 채 읽지 못한 책들이
고향 헛간의 쌀가마처럼 수북이 쌓여있다.
젊은 날은 시간이 없어서 그랬고
지금은 눈도 침침하고 마음도 침침해서 글을 다 읽지 못한다.
날마다 배달되는 책들에게 미안하다.

한 권의 책은 한 영혼을 짜내고 짜내서 이뤄진 작품인데
보내준 이에게 미안하고 또 미안하다.
종일 때깍때깍 카톡 문자가 쏟아진다.
모두 편하게 편리하게만 살아가는 요즈음이다.
젊은 시절 읽을 책이 없어 아쉽던 시절은 훨훨,
펜촉에다 잉크를 묻혀 정성들여 쓴 편지를 받고
가슴 설레던 날들도 이젠 호랑이 담배 피던 시절이다.

새로 시작되는 2016년의 첫날, 1월 1일의 아침이다.
아침은 걸어서 5분 거리에 있는 큰아들 집에서
파안대소로 파이팅 하며, 사랑이 가득한 시간을 보냈다.

아들은 되도록 과거는 잊어버리자고 한다.
나를 위하려는 큰애의 작전이다.
나를 위로하려는 큰 아들의 배려를 내 어이 모르겠는가.
밝은 오늘과 내일만을 위하여 살자고 한다.
농담과 유머를 섞어가며 집안과 직장의 오너로서
모든 사람을 아우르는 것 같다.
나를 비롯하여 동생과 조카들 하나같이 배려하는
큰 아들의 넓은 품이 새삼 대견스럽다.
회사의 경영은 그 전문적 자질도 중요하지만 사랑과 존경과
인문으로 그 조직의 질서가 이루어진다는 사실을 인지해야 한다.
새해에는 제법 큰 회사도 인수한다고 한다.

회사 일을 비롯한 모든 일을 어머니인 나에게 낱낱이 이야기해 준다.
내일은 전 직원을 인솔해서 미국의 산업박람회에 시찰을 간다면서
저녁은 가족을 총동원하여 신년회 겸 회식을 하자고 한다.
어머니한테는 좋은 시 많이 써 달라는 부탁도 했다.
2016년 그 첫날, 새해의 하루를 맞이함과 동시에
그 시간은 다시 또 어제처럼 어디론가 흘러가고 있다.

한국시인협회 신년 하례식

한국시인협회의 신년 하례식이 있었다.
한국문학사의 대표 문학단체로서 시인들이
다 모인 모임이라 해도 과언이 아니다.

그러나 활기도 없고 시인들의 참석률도 저조하다.
찬바람 부는 계절탓인가 참석한 시인들도 모두 어두운 얼굴이다.
좀 재미있고 활기차고 축제 분위기의 신년 하례식이였으면 좋았겠다.

게스트로 샹송가수를 모셨다.
가수로 나온 현주용은 프랑스 소르본느대학에서
10년 동안 불문학을 공부했다고 한다.

그분은 개런티를 주려면 많이 주고,
그렇지 않으면 재능기부 하겠다 한다.
행사 주최 측에서 자신의 약력을 소개해 달라고 하니
지나가던 나그네가 노래 한 곡 부른다고 생각하시란다.
그의 명함에는 전화번호와 이름만 찍어 다닌다.

그는 군중이 싫다고 했다.
한 사람의 진실한 팬이면 족하다는 것이다.
인사동 뒷골목 막걸리 집에서 셋만 모여도
노래판이 벌어지는 모습을 즐기기도 한다.
그는 하느님께 물려받은 재능이니
다시 돌려줄 수 있어야 한다고 말한다.

그는 작심한 듯 직접 피아노 반주에 맞춰 '눈이 내리네'와
몇 곡의 샹송과 함께 분위기를 띄우고
이미자의 '동백아가씨'와 '아씨' 등 여러 곡의 노래를 불렀다.
그의 신나는 콘서트에 시인들은 흥에 겨워
식사할 때도 계속 노래를 불러줘서 시인들의 마음을 흔들어 놓았다.

그의 별명은 한국의 이브 몽땅이라 한다.
시인들은 디너쇼를 즐기며 열광의 밤을 보냈다.
어느덧 한국시인협회 신년하례식도 막이 내리고,
시인들도 자리를 떴다.

그러나 역시 시작과 끝의 마무리는 아쉬움이 남는다.
사회생활이라는 것은 잘 짜인 직조와 같아서
작지만 섬세한 배려와 사랑이 어우려져야만 성공할 수 있다.
한국의 최고 지성모임인 한국시인협회 신년 하례식의 밤은
그렇게 긴 여운을 남기고 어둠속으로 사라져 갔다.

세월 앞에서

어제의 흔적을 지우고
창밖 나뭇가지에 새들이 와서 운다.
새는 팔팔 뛰는 심장을 다독이며 봄을 기다린다.
조금 있으면 매화꽃 답신이 올 것이다.
머지않아 목련도 벙글고 개나리도 만개하면
온 세상은 다시 환희와 희열로 가득하리라.

연중행사로 맞는 신년 정진 법회기간이다.
산속에서의 입산기도 기간이기도 하다.
간곡한 기복의 기도가 아니라
그냥 평상심으로 모두를 위해 마음 모으는 것이다.
가정도 이웃도 모두를 위한 동참 기도이다.
개인 하나하나가 평안할 때 세상은 모두 행복해진다.

우리는 하나다. 개체는 없다.
배추 잎에 붙은 진딧물처럼 지구 땅 갈피에 붙어사는 우리들
그 진딧물 하나도 상하지 않고 함께 잘 살아갔으면 한다.

오늘은 아들과 그 회사의 직원들
일주일간 미국의 산업박람회 관람을 마치고 귀국하는 날이다.
새벽 6시에 도착했다는 전화벨이 울렸다.
내게 주는 선물을 손주 편에 보낸다고 했다.
어머니를 챙기는 그 깊은 마음
어이 감사하지 않으랴. 아들아 고맙다.
아들의 그런 따스함을 볼 때마다 정 교수를 닮은 듯하여
눈시울이 젖어온다.

기도 현장인 현정선원으로 가는 길이다.
옛날 어른들은 찬물에 목욕하고 정신을 들이는데
나는 그렇지도 못하다.
아무튼 이 세상에 깊이 감사하며 더 겸허히 낮은 자세로
살아야 한다고 다짐한다.

누구신지 알 수도 없고 설명할 수도 없는
그 누구에게 엎드려 간절히 비는 마음이다.
법회마다 단정한 모습으로 함께 참석하던 그가
꽃피는 이 봄도 소식은 감감할 것이고
이별이란 영원한 것
별처럼 멀다.

내 안의 창으로

키 큰 사이프러스나무 가지
아픈 시간은 그렇게 머물고

뒤로 난 창문을 혼자 내다보며 글을 쓰는 날들이 많아졌다.
달마처럼 면벽 9년의 자비도 아니다.
그냥 어느 본처처럼 매화나무가 조용히 꽃 피우고
열매 맺고 서있는 뒤뜰이 나는 좋다.
가끔 새들이 찾아들지만
그 나무들 지긋지긋한 침묵의 시간이 퍽 지루한 모습이다.

가끔 내가 내다보면 그 나무는 여윈 목 무명저고리 소매를 걷고
바쁘시던 유년의 어머님 모습도 보여준다.
그 창문으로 나를 들여다보시는 어머님
또 어린 날의 친구와 재잘거리던 포장 안 된 신작로,
고흐의 그림 속 금빛 밀밭은 아니지만 보리밭 아래로 흐르던
물소리도 들린다.

나의 옛집으로 가는 길목 흰 구름 돌다리를 건너서

고향으로 달리는 길이 내 안의 슬프고 푸른 통로로 열린다.
늙은 매화나무가 안쓰럽다. 그 미소의 옆얼굴은 역시 차고 냉엄하다.

또 기억의 담쟁이가 지난 몇 년간의 삶의 흔적을
하얀 시멘트벽 위에 그려놓은 저들만의 서글픈 벽화
그 여린 가지 위에 눈이 소복이 얹혀있다.
지난여름 허공을 오르다 포기할 수 없는 기다림
저 담쟁이도 태초의 어떤 약속이 있었던가.
숨겨진 미지의 숲에 수놓인 이미지의 실루엣이 창밖에 흔들리고 있다.
근원적인 울림과 시적 사유와 본질적인 내면의 공간이 잘 보이는
여기가 나는 좋다.

오늘도 내면의 창을 잘 닦고 가꾸어야 하리라.
외출 후 저녁 늦게 돌아왔다.
오늘은 뜻밖에도 좋은 소리만 듣고 온 날이다.
어느 선사 양반이 복채도 안 드렸는데 좋은 소리만 해 주었다.
그게 빈 소리인 줄 알면서도 왠지 기분이 좋다.

어느 출판사의 기획시리즈라면서
시집과 산문을 책으로 내주겠다는 제안도 받았다.
아직 준비가 안 됐다고 하니까, 그분의 이야기가 재미있다.
쇠도 뜨거울 때 두드려야 한다며 기회 줄 때 망설이지 말라고 한다.
이후 시간을 그 문제에 대하여 많이 생각해 보아야겠다.

오래된 바위틈에 돌 하나 끼워 넣고

함안을 다녀왔다.
함안에서 메밀국수 점심을 먹고 서울로 올라왔다.
정진법회가 끝나고 편안한 마음으로
시를 쓰는 정다운 벗들과 즐거운 여행을 다녀온 셈이다.
고속도로를 달리는 동안 처음부터 끝까지 동요를 부르면서
고향 길을 다녀왔다. 유행가와 팝송과는 또 다른 느낌의 노래였다.

오는 길에 '정암'이란 곳에 들렀다.
자동차를 타고 남해고속도로를 가다 군북 나들목을 나서면
바로 의령군이다.
의령군청을 시야에 넣고 강(남강)을 건너면
강물 속에 특이한 모양의 바위가 보인다.
솥뚜껑을 엎어놓은 모양이라서 '솥바위(鼎巖 · 정암)'라고 불린다.

이 바위에는 모양만큼이나 기이한 전설이 있다.
조선말 한 도인이 이 바위를 보고 예언을 했다고 한다.
'바위의 다리가 뻗은 세 방향 20리(8㎞) 내에 조선을 대표하는
3명의 부자가 태어난다'는 것이다.

삼성그룹 이병철 회장, LG그룹 구인회 회장, 효성그룹 조홍제 회장이
이 예언을 실현했다.
정말 그분들은 우리나라의 대표재벌들이 아니던가.
우리의 자부심이고 자랑이기도 한 삼성이 세계를 주름잡던
일본 소니를 물리치고 세계적인 대기업으로 성장할 것을
미리 예측했다고 생각하니 더욱 신비한 느낌이다.
그 역사의 오래된 바위틈에 나도 작은 돌을 하나 끼워 넣고 왔다.

다른 전설의 집은 그냥 두고
호암 이병철(1910~1987) 생가를 둘러보고 왔다.
집의 위치만 봐도 풍수지리를 모르는 우리도 명당임을 쉽게 알 수 있다.
곡식을 쌓아 놓은 것 같은 노적봉 형상의 한 산자락 끝이기 때문이다.

상수리나무와 대숲이 군락을 이루어 병풍처럼 감싸고 있는
호암 생가는 산의 기운이 생가 터에 혈이 되어 맺혀진
지세가 융성하다는 것이다.
또 멀리 흐르는 남강의 물이 빨리 흘러가지 않고
생가를 돌아보며 천천히 흐르는 역수逆水를 이루고 있다.
뒤에는 산이 담처럼 둘러쳐져 있고 대나무도 무성히 서 있다.
또 이상한 형상을 한 바위들이 병풍을 이루고 있어 그 풍경이
예사롭지가 않다.
국내 최대 기업을 일군 창업주의 기운을 받으려는 방문객들이
끊이지 않는다.

자손들이 부자가 되고 그 명성이 널리 높게 퍼지기를 비는
부모의 심정은 다 같으리라.
나도 그 집에 들어서니 마음이 아늑하고 편안해짐을 느낄 수 있었다.

생가 안채 옆에는 자굴산에서 마두산으로 이어지는
내청룡 마지막 혈穴자리인 거북이가 바위 속에서
엉금엉금 기어 나오는 것 같기도 하고
만卍자 문양과 전田자 문양, 쌀가마니를 잔뜩 쌓아놓은 형상,
동서양인의 얼굴형상 등 상서로운 길상 문양이 펼쳐지고 있으니
부자가 될 수 있는 명당明堂 중의 명당이라고 소개를 하고 있다.

그런 곳에 들렀으니 나도 그 기운을 물려받을 수 있으려나!
소원을 빌어본다.
젊은이들은 풍수지리나 명리학 같은 학문을
우습게 여기는 경향이 있으나 나이 든 우리는 이런 사실 앞에
감동하곤 한다.
우리가 자연 앞에 겸허하고 숙연해야 되는 까닭이리라.

정 교수의 2월

오늘은 2016년 2월 1일 새벽 4시다.
지난해 2월은 가까운 성모병원에서 그이를 간호하면서
차가운 시간을 보냈다.
알 수 없는 시간의 여백 그런 이별은 상상도 못했었다.

직선의 길이 이탈하는 슬프고 쓸쓸한 작별의 시간은 너무 무정했다.
새소리만 들어도 눈물이 고인다.
안개를 두르고 서 있는 먼 산자락
그 산을 조심스럽게 걸으며 곳곳의 야생화도 찾아 반기며
자기 가족처럼 말없이 어루만져 주던 모습이 눈에 선하다.

이맘때면 지심 선생과 복수초를 찾아서 겨울 온 산을 헤매었다.
사진을 찍어 와서 자정이 넘도록 컴퓨터에 저장하고
새벽까지 글을 쓰며 산이 좋아 산에 산다는 산사람이 지금은
꽃나무 숲속의 남양주 새소리 명당길 옆에 말없이 잠들어 계신다.
어제는 남양주의 산기슭 양지바른 곳 그대를 만나러 가야 되는데
손자와 아들이 예봉산 산행을 한다기에 나는 아침만 먹고
집으로 돌아 왔다.

아버지와 아들 손자가 나란히 산행을 했다면
그 아버지는 얼마나 좋아 하실까.
말 없으신 미소로 기쁨에 넘친 그분 얼굴이 이 아침 그리움으로 쌓인다.

돌아가시기 얼마 전 내원사 비로자나불과 옛 절터를
수없이 찾아 헤매고 생존한 고향 사람 인터뷰도 하며
문화재 지정을 추진하던 일이 그분 가신 후
지난 가을에야 겨우 성사를 이루었다.
며칠 전 내원사 주지 스님에게서 전화가 왔다.
정 교수 이번 첫 제사는 내원절에서 올리겠다고 하신다.
제수를 올려드리기 위하여 내원사에 미리 다녀오기로 했다.

거금 10억의 문화재 운영자금이 가난한 고향 절 내원사에 지급된다.
그 운영자금 나오는 날이 신기하게도 2월 27일 정 교수의 기일과 겹친다.
그래서 정 교수의 기일과 숭모제를 함께 모신다고 연락이 온 것이다.
모든 게 그냥 흘러가는 줄만 알았는데 그게 아닌 것 같다.
싱그런 새벽의 새소리가 적요를 깬다.

고향의 봄

아침 7시30분에 집을 출발하여 경남 산청 고향으로 갔다.
반겨주던 사람들은 다 가고 없다. 냇물은 그대로 흐르고
여전히 고향은 그림보다 더 아름답게 남아 있다.

고향에 도착하여 식당에서 점심도 맛있게 먹고
같이 자란 친구도 만나고 고향집에도 들렀다.
마당엔 잡초가 자라고 고목이 된 감나무가 나를 반겨준다.
내원사를 방문하여 국가 보물로 지정된 비로자나불 불상과 법당에
인사를 올렸다 .

석가탄신일이라 우리 가족연등이 비로자나불 자리에
정 교수와 나란히 달려 있다.
내원사 주지 영산 스님은 반가이 배웅해 주시며
염주와 햇고사리 선물도 주신다.

오는 길에 칠정의 주령사에도 들렀는데
그곳에는 94세 되신 노 보살님이 계신다.
우리 집 안녕과 축복을 위하여 두 손의 지문이 닳도록

기원을 드려주신 분이다.

얼마 전 방문해 달라는 전갈도 받았다.

댓돌에 하얀 고무신을 나란히 벗어놓고

인공호흡기를 꽂은 채 병상에 누워 계셨다.

겨우 나를 알아보시며 더운 손을 잡아주셨다.

나는 하얀 봉투와 함께 조금 전 내원사 영산스님이 선물로 주셨던

염주를 여윈 팔목에 감아드리고 나왔다.

모두는 순간에서 사라져 간다.

내일은 다시 내일로 가득할 것이다.

또 하루를 접는 축복의 시간

크신 은혜에 감사드리는 여행의 시간이다.

다시 제로베이스에서

녹음 짙은 5월 장미는 붉게 피어서 노을빛을 받고 있다.
해가 서산에 기울면 적막의 서정시를 외워대던 나무 위의 새들은
어디서 울음을 삼키고 있는지 기척도 없다.

오늘은 저 새처럼 나도 외롭다. 어디에 기댈 나무도 없다.
이른 저녁을 먹고 산책을 나선다. 거리의 차들은 바쁘게 달린다.
인생은 외롭게 태어나 외롭게 가는 것인가 보다.
군중 속의 고독을 말하는 이들의 심정을 이해할 수 있을 것 같다.
소통의 부재에서 오는 외로움도 있겠지만
관계 속 소외에서 오는 고독이나 외로움도 허다하리라.

나는 전화기 하나만 들고 걷는다. 그 속엔 카드도 꽂혀 있다.
모든 정보와 지식과 가족 친지 전화번호도 거기에 다 기록되어 있다.
전화기만 있으면 공부도 필요 없는 세상이다.
길 가다가도 업무를 볼 수 있고 먼 타국의 아들 목소리도 들을 수 있다. 길을 가면서 전화를 받기도 하고 걸기도 한다.

뭐든지 그때그때 궁금증도 해결해 준다.

분초를 다투며 초고속으로 바뀌는 정보사회의 시대가
우리 코앞에서 일어나고 있다.
그 변화의 속도가 기차바퀴보다 더 빨리 돌아간다.
세상은 어지럽다. 다음은 무슨 시대가 올 것인가.
하루하루가 빛의 속도로 돌아간다.
아나로그에서 디지털로 산업화시대에서 정보화시대로
하루하루 달라지는 세상이 어지럽다.
제대로 대응하지 못하는 우리 세대의 삶은 더 어지럽다.

한국은 살기 좋은 나라, 행복한 나라다.
공중변소 화장실이 자기 안방보다 깨끗하고 넓다고
어느 분이 말하는 소리를 들었다.
외국에는 화장실을 사용하면 사용료를 지불한다.
그럼에도 우리는 화장지까지 맘대로 풀어쓸 수 있고 아끼지도 않는다.
두루마리 화장지를 만들기 위해서 수 천 그루 나무가 베어진다고 한다.
나무가 없는 그 피폐했던 산의 황량함을 기억하는가!
내 젊은 시절 모두가 부족하고 궁핍했을 때 그때 어려웠던
기억들을 생각하자.
다시 예전의 그 시골집 안방으로 돌아가고 싶다.
이 시대의 끝은 어디쯤일까!
제로베이스zero-base에서 다시 출발하는 방법은 없는 것일까!
찔레꽃 피던 젊음은 사라져간다.

이별 리허설

아직 잠이 덜 깬 매화나무는 연분홍빛 푸른 잠을 털고 있다.
지난해보다 매실을 많이 달고 잎새 하나 까딱도 하지 않는다.
어제 5월 15일은 스승의 날과 함께 석가탄신일이 겹쳐 있었다.
몇 해 전만 해도 스승이나 은사님 댁을 찾는 일이
우리 두 부부의 하루 일과로 늘 시간이 모자랐는데
세월 따라 이제는 모두 다 이승 사람이 아니다. 또한
같이 다니던 그분마저 이승을 떠나니 세상은 온통 빈 집이다.

그의 부재가 주는 이 공허감!
꿈길에서나 만나질까?
꿈길밖에 길이 없어 꿈길로 가니
그님은 나를 찾아 길 떠나셨네!
황진이가 읊조린 이 시가 지금의 나를 말해주고 있다.

이제 꼭 한 분 남은 스승 때문에 어제의 축제는 즐거운 밤이었다.
스승은 체격이 좋으시고 멋있는 속가의 도인이다.
도가 높고 훌륭하신 분으로 제자가 무려 100여 분이나 참석했다.
구슬피 내리는 봄비의 밤이다.

저마다 존경하는 마음으로 마음속에 예불의 등을 밝힌다.
나는 거의 끝자리에 앉았다.
여기까지도 스승은 노구를 이끄시고 잔에 술을 부어주신다.

나는 작은 목소리로,
"힘드신데 그만 두시지 마시지요!" 농담을 하며 잔을 받았다.
황홀한 마음으로 잔을 받았지만 문제가 일어났던 것이다.
잔을 끝자리까지 다 돌리시고 자리에 앉자마자 그만 혼절을 하셨다.
모두가 놀라서 쥐 죽은 듯이 있었다. 구급차가 왔다.
우리는 모두 혼비백산 어쩔 줄을 무르고 당황했다.
그 도반 중에는 의사도 있고 심장 약을 가진 분도 계셔서
금방 차도가 있었다.
구급차는 그냥 돌아가고 잠시 후 우리는 해산했다.

지난 날의 파편 속에서
이별 연습의 밤은 어둡이 깜깜하다.

'그대 있음에' 그래도 세상은 따뜻하다

김남조 선생님의 전화가 왔다.
내일 함께 다니면 어떻겠냐고 하신다.
다른 점심 약속을 취소하고 선생님과 함께 하기로 하였다.

후백 황금찬 시인 백세 축하 모임이다. 김종길, 김남조, 허영자,
김후란, 신달자, 이근배, 이성기 외 시인들이 참석했다.
많은 분들이 축사를 했다. 황금찬 시인은 목이 메는지 답사도
못하고 노래로 대신하셨다. 대한민국의 황금찬 시인
한 세기를 사신 노시인의 눈물이 바로 시였다.
밥도 안 되고 돈도 안 되는 시를 써 오시며 보낸 100년의 세월.

아들 오형제 중 남은 세 분과 며느리 손자 딸과 함께 참석했다.
첫 아드님 황도제 시인은 몇 년 전 타계하였다. 첫 제자 신봉승
선생님은 이 행사를 준비하던 중에 타계하셨다.
가장 사랑하고 가장 자랑스러운 아들과 제자를 먼저 보내시며
얼마나 슬퍼 하셨을까!
삶은 이리도 환희롭기도 하고 잔인하기도 한가 보다.

이렇게 한 시인의 외길 인생이 우리에게 던지는 의미는 크다.
문학이 제 빛을 발하지 못하고 위상을 제대로 펴지도 못하고
기타의 미디어에 밀려 제 몫을 못하는 이 건조한 시대
선생님께서는 오직 시만을 바라보며 오신 길은
우리들의 귀감이시기에 부족함이 없다.

결국 황금찬 선생님의 목이 멘 노래에 시인들은 눈시울을 적시고
백세 때 축시를 써서 낭송하겠다고 약속을 하셨던
김남조 시인은 긴 축사로 약속을 대신했다.

언제 어느 장소에서도 김남조 선생님은
대한민국의 가장 대표 여류시인이며 여류시인 중 연조가 가장 높다.
김남조 선생님의 권위와 시적 위상은 함부로 말할 수가 없다!

황금찬 선생님의 눈물 속에 그 가족들이 준비한 뷔페로
회식의 시간을 하면서 시인 생애의 백수라는 긴 삶의 축하장이다.
숙연하고 슬프고 눈물어린 인생 영화를 감상하는 느낌이 들었다.

조금 이른 시간 김남조, 김종길, 김후란 시인과 합승하여
그곳을 떠났다.
충무로 전철역에서 김종길 시인이 수유리 행 전철로 갈아타시고
우리는 한국가요제 〈그대 있음에〉를 관람하기 위해 예술의 전당으로
갔다. 가는 도중 황금찬 시인에 대한 많은 이야기를 나누었다.

그 많은 세월 살아오시며 얼마나 희로애락의 가시밭길을
걸어 오셨으랴!

김후란 선생님도 강남역에서 하차하고
남은 우리들은 예술의 전당 콘서트홀로 가서
한센 병 가족들을 돕기 위한 가곡의 밤을 관람했다.

〈제 34회 그대 있음에〉의 사회를 본 임성훈 방송인은
34년째 그곳 홍보대사로 일하며 자부심이 대단하다.
한센 병 가족들을 돕기 위한 자선 음악회는 3억 원의 기부금이
들어왔다. 그곳의 자문위원으로 계신 한승주 전 국무총리 내외분과
전재희 회장, 영화배우 문희, 박완서의 두 따님도 만나 반가운 해후
를 했다. 지난해는 이해인 수녀님도 만났는데 올해는 보이지 않았다.

오늘의 이 공연은 기부와 나눔 문화를 확산하고 이웃을 배려하는
우리 대한민국과 함께 아름다운 지구촌을 만들어가는 초석이
될 것이다. 이 불씨가 이제는 미얀마, 캄보디아, 베트남 등으로
퍼져 전 인류에게 더불어 사는 등불이 되고 있다고 한다.
두 행사의 나들이를 즐기고 돌아오는 봄날 밤은
차분하게 깊어가고 있었다.

초대받은 시인들

창립 60주년을 눈앞에 둔 역사와 전통의 한국시인협회는
1957년 2월, 유치환 조지훈 박목월 박두진 외 시인들이 중심이 되어
설립한 이래 한국문단의 가장 권위 있고 전통 있는 문학단체로서
한국시단을 이끌어왔다.

창립 초기에는 유치환, 조지훈 등이 회장을 맡았고
이후 장만영, 신석초, 박목월, 정한모, 조병화, 김남조, 김춘수,
김종길, 홍윤숙, 김광림, 이형기, 성찬경, 정진규, 허영자, 이근배,
김종해, 오세영, 오탁번, 이건청, 신달자, 김종철, 문정희 시인 등
한국을 대표하는 시인들이 회장 직을 이어왔다.

어제는 새로 선임된 제38대 최동호 회장이 버스 3대 분의 회원과 함께
수원 삼성이노베이션 뮤지엄SIM · Samsung Innovation Museum의
초대를 받았다. 생존해 계신 유명 시인은 거의 참석했다.
시인의 축제날이었다.

삼성이노베이션 뮤지엄에 전시된 각종 전자제품들을 구경했다.
과연 세계를 제패한 삼성답게 전시실도 어마어마했다

보지도 못했던 각종 전자제품들이 즐비하게 진열되어 있었다.
한국시인협회 회원들은 각종 전자제품의 역사물 앞에서 눈을
떼지 못했다. 1808년 영국의 험프리 데이비가 발명한 최초의
전기등부터 조셉 윌슨 스완의 종이 재질 백열등, 토머스 에디슨의
필라멘트 백열등을 보며 놀랐다.

1911년에 나온 첫 전기세탁기, 1908년 후버 진공청소기,
1929년 모니터 탑 냉장고 등을 둘러보며 100년 전 세상을 상상했다.
전기의 발견부터 최신 스마트 기기에 이르기까지
전자산업은 끊임없는 혁신을 통해 인류의 삶에 새로운 가치를
창조해 왔다며 삼성이노베이션 뮤지엄에서는 이러한 전자산업
혁신의 역사와 미래를 전시하고 있었다. 그런 의미에서 뮤지엄의
명칭도 Innovation Museum으로 지었다고 했다 .

위대한 발명가들, 수많은 전자기업들이 끊임없는 연구와 혁신을
통해 새로운 기술과 제품을 세상에 내놓을 때마다 인류의 생활은
그만큼 발전해 왔다.
라디오와 TV의 발명은 매스미디어의 발달을, 통신 기술과
반도체 기술은 정보의 생산, 유통, 소비의 혁명을 불러왔으며
전자산업은 인류가 문명을 발전시키는 기반이자 동반자이며,
전자산업의 역사는 새로운 가치에 대한 인간의 도전과 열망을
보여주는 기록이었다.

발명가의 시대, 기업혁신의 시대, 창조의 시대로 구성된
삼성이노베이션 뮤지엄은 전자산업의 역사와 더불어
삼성전자가 주도해온 반도체, 디스플레이, 모바일을 통한
정보 분야의 대단한 성과를 전시하고 있다.
혁신의 의미를 발견하는 놀랍고 경이로운 시간이었다.
어린이에게도 좋은 교육 자료로써
현재와 미래를 아우르는 삶의 방향을 제시해 줄 것 같았다.

지난해에 산 냉장고와 세탁기는 벌써 고물이 된 느낌이다.
밖에서 휴대전화 버튼만 누르면 청소기는 혼자 청소한다.
그 많은 체험자에게 회사 측은 맛있는 점심 식사와 선물도 잊지 않았다.

귀갓길엔 같은 방향의 오세영 시인과 유안진 시인과 동승했다.
박재삼 시인과 성찬경 시인은 작고하시고
이제는 최고령 시인이 되었다며 오세영 시인은 좋은 시인들이
다 떠난 세상은 허전하다고 말씀하셨다.
왜 그만의 허전함이랴.
우리 모두 길 가는 나그네 언젠가는 떠나야 할 사람들 아닌가.
어느 시인의 말대로 너도 가고 나도 가야할 길 아닌가.
삼성 뮤지엄 관람이 끝난 후 일행은 용인 이영미술관도 들렀다.
그곳에선 창덕궁과 미술관이란 글로 삼행시 짓기도 하였다.
윤강로 시인이 2관왕을 하고 상금도 받았다.
올해 90명의 입회 신청 시인 중에서

재수 삼수까지 한 시인도 있다며 엄격한 심사과정을 마친
20명의 신입회원 입회식도 그곳에서 가졌다.
노을이 묻어나는 시간, 즐거웠던 시인들의 축제는 그렇게 끝났다.

새벽의 사건 사고

새벽 화장실에서 바퀴벌레 한마리가 기어 다닌다.
슬리퍼를 들고 볼기짝을 한 대 때렸더니 기절 상태다.
그러다 조금 숨을 돌렸는지 비틀거리며 기어간다.

많이 때리지도 않았는데 안절부절이다.
몸통만 불어가지고 영 힘을 못 쓴다.
부상한 다리로 절룩이며 기어가던 그가 그만 몸이 하늘로 뒤집혔다.
참회와 후회와 용서를 비는 절규의 몸짓을 보여준다.
조금 후에는 두 더듬이를 쭉 뻗고
갑옷을 입은 로마 병정처럼 죽어 있다.

어느 인간님의 폭력에 2016년 5월 30일 새벽 6시,
그는 영영 잠이 들었다.
본의 아니게 이 새벽 나는 사건 피의자가 된 것이다.
한 미물의 최후를 지켜보며 별 생각을 다하게 된다.
죽음이란 생명이 있는 모든 것들에게 가장 중요한 요소다.
살기 위해 살아 남기 위해 애쓰는 모습은
인간이나 미물이나 무엇이 다르랴!

창밖에는 새들이 와서 아침을 노래한다.

인간에게 무참하게 죽어간 목숨의 미물들
그 영령들에게 헌시 하나를 바치는 아침이다.

보살님의 입적

오월은 뭇 생명들이 생의 환희를 노래하는 절정의 계절이다.
꽃과 잎들이 다투어 피고 생명의 환희를 노래한다.

아침 햇살은 덥지도 않고 오늘은 외출도 없어
편안하게 혼자 있기 좋은 날
담장의 인동초 꽃과 붉은 장미가 5월의 숲을 이루고 있다.
거실 창문 밖으로 하늘은 화창하다.
휴대폰 메신저로 부고가 날아왔다.

김금순 주지보살님 입적 소식이다.
고향 산청의 주령사라는 조그만 암자, 그곳 보살님의 입적을 알리는 부고문자이다. 어머님 생전에 다니시던 암자인데 그곳 주지 보살님이 입적하신 것이다. 나도 그분을 어머님처럼 섬기고 그분도 나를 딸처럼 여기시며 우주 보살이란 이름까지 지어 불러주신 분이다.

한 실장과 함께 곧바로 사천을 향해 천리 길을 나섰다.
평일이라 차는 잘 달린다.
3시간 반을 달려오니 영정사진이 국화꽃 속에서

그분이 생전처럼 맞아 주신다.
아침저녁 법당이나 바윗돌 밑이나 탑 밑에다 촛불을 켜고 그야말로
손바닥이 닳도록 우리 집안의 안녕과 번창을 빌어주신 불보살님이시다.

물론 어머님도 저도 지극정성으로 그분을 모셨지만 보살님께서도
지극정성을 다해 우리 가문을 위해 빌고 기도해 주셨던
고마우신 분이시다. 그런 보살님께서 수를 다 하신 것이다.
어머님도 가시고 그이마저 떠나간 이 시점에 생자필멸이라지만
마음 허전하기가 이만 저만 아니다. 어머니 같던.
그 보살님도 떠나가시니 서운하고 허전하기가 이를 데 없다.

보살님은 13살의 나이에 신이 내려 9순의 나이까지
배움의 문턱에도 못 갔지만 이재에 밝으신지
고향에 수만 평 땅을 사놓고 지역 알부자로 통했다.
그러나 인생은 기구하여 한이 많은 분이라고 한다.

주령사에 가면 뿌연 먼지와 때 묻은 천장, 시골 밥상을 받아도
그 모든 것이 편안하고 어머님 품처럼 따뜻함을 느꼈다.
다리를 오므리고 하룻밤을 자도 언제나 편안했다.
황토로 조그만 요사채를 만들어 부처님을 모셔놓고
서울보살 우주 보살 법당이라며
그 앞에 작은 탑을 몇 기나 세워놓으신 분이셨다.

나에게 항상 용기와 사랑과 정을 주셨고 따뜻함을 알게 하셨다.
장례식이 끝나는 날까지 그곳에 있고 싶었지만
일정 때문에 당일로 돌아왔다.

그분은 평소처럼 법복을 입은 채 고단한 이승을 훌훌 털고
바쁘게 산모롱이를 돌아가셨다.

창가에 봄이 온다

봄이 오는 소리가 들린다.
그제는 하얀 눈이 매화꽃처럼 서울 하늘에 흩날리더니
그것이 계절이 가는 아쉬운 작별의 인사였던가!
오늘은 맑은 하늘 봄이 오는 바람소리가 높은 빌딩 허리를 휘감고 있다.

최백호의 노래에 나오는 그야말로 옛날식 다방은 아니지만
조용한 찻집 창가에 우리는 옛날처럼 모여 앉았다.
서투른 삶의 이야기와 인생의 여로, 예술에 대한 긴 시간을 이야기했다.
그 틈에 해는 기울고 아쉬운 저녁노을이 서창에 머문다.

가랑머리 날리며 청운의 꿈을 품고 살던 학창시절이 엊그제 같은데
우리 어느새 백발성성한 여인이 되었나!
이제와 뒤돌아보는 시간들!
그립고 보고 싶은 얼굴들 모두 모두 감사하다.
우리는 이런 순간의 축복에 감사해야 한다며 식은 커피를 마셨다.

꿈 속 세상, 허깨비 같은 사람아 납작 더 납작 엎드려,
없는 듯 사는 일이 제일 잘 사는 일이다.

칸도 없는 야시장 추운 벌판 난전에 앉아서
꽁치 파는 아주머니가 졸고 있더라는 이야기는 가슴을 울린다.
문학이며 음악이며 그림이 도대체 무엇이란 말인가.
사람 사는 일에 위로가 되고 사람 사는 곳에 한 점 불빛이 되어라.
누구를 위한 일인지 혹시 자기들만을 위한 예술은 아닌지,
자문해 볼 일이다.

만약 하늘의 누구에게서 받은 선물이라면 그것을 자기 것인 줄
독식하는 교만한 예술가는 아닌지 반성할 일이다.
그러나 예술인은 도도해야 한다.
자존심 하나로 사는 사람들임에는 틀림없다.
그 예술을 나누면서 사는 일, 그것이 진정 가치 있고 소중한 일이다.

진정한 예술인은 화려한 조명을 받아도 교만하지 않으며
당당하지만 넉넉한 마음의 여유로 푸근한 자유를 누리면서 살 일이다.

별의 나라 그 하루

앞서 가는 현인이나 유명한 철학자가
시공이란 텅 빈 것이어서 아무것도 없다고 목 아프게 외쳐도
빠빠라기 연설문처럼 들어주는 사람은 아무도 없다.
이미 2500년 전에 색즉시공 공즉시색이라고 설하셨던 붓다의 법문은
막걸리 주막집 바가지에 새겨진 허름한 장식용 문구에 불과하다.

도시는 술에 취해 날 가는 줄도 모르고
인성은 메말라 로봇 인형들이 사는 도시처럼 돼버렸다.
이 건조한 세상 누가 누구를 탓할 것인가?

나무숲이 사라지면 그 복구에만 수십 년이 걸린다고 하는데
인간 세상의 인성이 사라지면 몇 세기가 지나도 복구가 어렵다고 한다.
공자 맹자 사상이 중국을 못살게 했다고 공맹을 몰아대던 중국이
다시 공자 맹자 사상으로 무장하겠다고 한다.

이제는 인성을 소중히 여기는 시대가 도래한 것이다.
거리에서도 목소리가 큰 사람이 이기는 시대는 지났다.
현대사회가 필요로 하는 전문 지식과 기술을 가진

전문인도 중요하지만 그 무엇보다 기업의 경쟁력은
인문학 위주로 인간 중심이 되어야 한다.
세계적인 기업들을 보면 그 속에는
전공과는 다른 인문학 쪽의 두뇌들이 많다.
진정한 예술의 세계도 그럴 것 같다.
음악 미술 문학 속에서도
인간의 처절한 고뇌와 사랑과 아픔과 또 만남과 이별
이런 게 있어야만 진정한 문학이며 예술이지 않던가!
어떤 학문이나 예술도 동양의 인의예지신仁義禮智信의 인문학의
바탕이 깔리면 진정한 학문이요, 진정한 예술일 것이다.

내가 사는 세상은 소중하고 아름다운 별의 나라임에 틀림없다.
그 엄숙한 별의 나라 하루를 위하여 몸과 마음을 여민다.

정 교수 일주년 추모제

이른 새벽, 부엌엔 벌써 이모님과 손님으로 오신 장금정 여사가
김밥 20인 분과 과일, 커피와 차를 끓여 모든 준비를 끝내놓고 있다.
정 교수 첫 기일 추모제를 위한 지리산 내원사로 가는 준비는 완벽했다.

우리는 승용차 2대로 딸네 가족과 함께 새벽 6시에 서울을 출발했다.
딸네도 과일, 간식과 함께 터미널 꽃시장에서
싱싱한 장미꽃다발도 사왔다.
작은 아들 가족은 외국에 있어서 함께하지 못한다.
정 교수가 그들을 보고 싶어 하실 것 같아 마음이 아프다.
첫 새벽에 출발을 했는데도 고속도로는 벌써부터 밀리기 시작했고
안개까지 자욱하다. 가끔은 차창에 비가 뿌려지는 듯도 했다.

톨게이트를 지나서는 도로가 뚫려 인삼랜드 휴게소에서 잠깐
쉬기로 했다. 우리 일행은 가족과 장금정 여사 등 모두 10명이다.
우동 5그릇과 집에서 준비해온 김밥과 과일, 커피, 차를 풀어놓으니
어느새 그곳은 간이 파티장이 되었다.
집에서 준비한다고 고생은 했지만 맛은 일품이었다.

오전 9시 30분에 산청군 삼장면에 있는 내원사에 도착했다.
천도제를 지낼 모든 준비를 해 놓고 스님 세 분이
우리를 기다리고 있었다.
불교에서의 천도제는 죽은 영혼을 좋은 곳,
즉 극락으로 보내기 위한 의식이다.
천도제는 10시에 시작되었다.
1부가 끝나고 학춤의 명인인 지홍 선사의 씻김굿 춤을
49재에 이어 다시 보게 되었다.
정 교수는 그분의 술잔도 받고 스님들 염불 소리도 들으며
아무 말이 없다.
정 교수도 홀연히 하늘에서 내려와
저 학춤과 바라춤을 바라보고 계시리라.

정 교수는 석불 비로자나불의 문화재 등재를 위하여
옛 신라시대의 절터를 찾으려고 겨울 지리산을 몇 번이나 올랐다.
여름이면 우거진 풀숲으로 인하여 찾기가 더 힘들다고 했다.
그 절터를 찾아 수십 번을 오르내렸고,
결국은 문화재 등재까지 마쳤다.
불과 작고 몇 개월 전의 일이다.
이제는 성지순례지로 지정도 되어 유명한 사찰로 빛나고 있다.
그의 댓가 없는 잔잔한 선행을 저 비로자나불은 알고 계시리라.

돌아오는 4월 9일은 성모제라 이름하여 비로자나불 문화재 등재

축제일로 정하여 영남일대의 큰 행사로 준비하고 있었다.
정 교수 추모행사가 끝난 햇살 좋은 절 마당에서는
장금정 여사의 〈봄날은 간다〉의 간드러진 노래와
지홍 선사의 춤판이 어우러졌다.
그가 가시는 길에 꽃비가 흩날리겠다.
주지 영산 스님은 차 트렁크에 취나물 등속과 사과 제물을 실어 보낸다.
정 교수는 가셨어도 우리는 기쁜 낯으로 그 사찰을 나왔다.

내려오는 길에 고향 집터를 둘러보았다.
갑작스레 집짓는 계획이 변경되었는데
미리 정 교수가 정해둔 넓은 땅에다 정식으로 집을 짓기로
의견이 모아졌던 것이다.
계획이란 수시로 변동이 생기기 마련인가 보다.

벌써 매화꽃은 꽃멍울이 부풀고 꽃잎의 개화가 시작되고 있다.
화려한 봄날은 개방이 임박했다.
귀경길 우리는 조금 늦게 출발하는 바람에
주말 교통체증에 감금되었고 많이 지루했다.
미리 예약을 해둔 방배동 음식점에 30분 늦게 도착했다.
가족모임의 진지하고 정 깊은 이야기에 시간은 금세 흘러갔다.

벌써 3월

오늘이 벌써 3월이 시작되는 날이다.
3월은 날개와 바퀴를 달고 봄의 문을 열었다.
꽃도 피워야 하고 늦잠 자는 만물을 흔들어 깨워야 하고
농부들 일손도 거들어야 하는 3월은 무척이나 바쁘겠다.

모진 추위 속에서도 얼어 죽지 않고 어디서 겨울을 나고 왔는지
이 아침 창가에 기쁨인 듯 눈물인 듯 새소리가 들린다.
지리산 내원사에서 정 교수 1주년 추모제를 지내고 올라와
남양주 그분의 묘소에서 간단한 예를 올렸다.
사람들의 가고 오는 길이 그래도 엄숙했다.
순서에도 없었는데 어느 분이 독경을 들려 주었더니
정 교수 잠든 곳 소나무 위에서 새들이 마구 날아들었다.
참 신기한 일이었다.
집안 가족들과 아들의 지인만 참석하여 간단한 예를 올린 셈이다.
계획에 없던 어느 분의 〈봄날은 간다〉 노래 한 곡도 좋았다.
정 교수도 애절한 그 노래를 듣고 기뻐하셨겠지!
식당에서 산채와 닭백숙으로 점심을 먹고 우리는 헤어졌다.

그날 밤은 아들과 함께 자면서 도란도란 아버지의 추억과
그분의 한 생애 궤적을 떠올리며 남은 앞날에 대한 계획을 이야기했다.
섬세한 아들의 배려에 나는 늘 감동한다.

머지않아 남녘의 꽃소식이 한창일 것이다.
이제는 겨울잠을 털고 일어나 새순처럼 싱싱하고 푸르게 살아갈 일이다.

거실 가득 햇살이 잔잔하다.
큰 카메라를 들고 새벽 뜰을 거닐며 새순을 찍어 와서
컴퓨터에 올리며 환희에 젖던 지난날 3월의 그분이 다시 그리워진다.
저 깊은 바다 밑 홍어처럼 낮게 엎드린 자세로 열심히 살아야 한다.
꽃과 나무와 새들과 노래와 구름과 문학과 인생, 세상은 참 아름답다.
세상은 살아볼 만한 가치와 이유가 충분히 있다.

농가월령가에서 3월은 다음과 같이 노래한다.

> 3월은 暮春이라 청명곡우 절기로다
> 춘일이 載陽하여 만물이 화창하니
> 백화는 난만하고 새소리 각색이라
> 당전의 쌍 제비는 옛집을 찾아오고

조선의 으뜸가는 선비 정다산의 아들인 정학유가 지은 농가월령가는
3월을 이같이 노래했다.
물론 음력 3월을 노래했겠지만 어찌 이리도 화창한가.

아침에

봄이 오는 이 아침에
그 어디에도
머물 수 없는 쓸쓸한 마음
어디로 떠나야 하나.
어둠의 램프에 불은 아직 켜져 있고
마음은 떠도는 집시가 된다.
살구나무 촉수에 물 긷는 아이들 파란 싹이 분주하고
제비는 봄이 오는 회랑의 뒤안에서 지지배배 봄소식을 물어다 준다.

이 세상에 태어나서 한 사람을 죽도록 사랑하고
그 사람 말도 없이 내 곁을 떠나갔지만 그래도 봄은 오고 있다.
그가 심어놓고 간 복수초, 인동초 야생화가 봄을 반기고
들며나며 그대 손길 묻은 꽃나무 가지들도
그대 그리워 마음이 사무치는지 모두가 야위어 보인다.

올봄도 정원의 나무들은 그대로인데 가꾸던 주인만 없다.
그들도 주인의 부재를 알고 있는지 야윈 얼굴이다.
매일 매일의 재회를 기다리던 꽃들이 알고 있나 보다.

그가 이승을 하직하고 먼 나라로 떠나
돌아올 수 없음을 저들이 알고 있나 보다.

그는 저들에게 매일매일 눈을 맞추며 쓰다듬고 북돋아주고
사랑을 주었다.
그들이 주인을 잊을 리 없다.
나처럼 가슴이 아프구나,
가여운 꽃들이여.

반가운 얼굴로 조용히 외출에서 돌아와 장롱 속에 벗은
옷을 걸어놓고는 미소 띤 얼굴로 내 방으로
들어올 것만 같다.
반가운 재회에 우리들의 이야기는 꽃을 피우고
연인처럼, 오누이처럼 그렇게 있다 보면
하루의 피곤함도 잔잔한 호수 같은 평화였다.
봄이 오는 뜨락에 지난해 떨어진 낙엽들이 아직 잔설처럼 남아있다.

우리는 영원을 함께 할 줄 알았다.
"우리 죽어서도 함께 살아요" 내가 말하면
대답 대신 빙그레 웃기만 하던 사람,
여보란 말도, 사랑한다는 말도 한 번 해 주지 않은 사람,
늘 허 선생이란 과분한 호칭으로 나를 높여 주던
그리운 사람 이제는 이승에서는 볼 수 없다.

외출에서 늦게 돌아오는 날이면 눈을 현관에 대어 놓고 기다리던 사람,
미소로 반기며 반세기도 넘는 시간을 하루같이 살고
담담히 떠나간 사람. 우리는 어디서 다시 만날수 있을까?

새들아, 너희들도 가신 분이 그리우냐?
새벽이면 너희들을 불러서 모이를 주던 주인의 목소리
그 목소리 그리워 저리도 창문을 흔들고 우느냐?
내 가슴에 그대 있고 그대 가슴에 내가 있어 영원을 산다.
저 먼 하늘 구름 속에서나 또 다시 만나게 될까.
그리운 사람! 나의 사람아!

새벽에 깨어

어머니도 노년에는 고향집에서 혼자 사셨다.
도시에 있는 자식들을 기다리며 혼자 긴긴 밤을 새우셨다.
대가족의 안방마님이시던 젊은 시절 다 보내시고
홀로 외로이 말년을 지내셨다.
자식들 뿔뿔이 제 살길 찾아 고향을 떠나고
홀로 고향집 지키시던 내 어머니!
얼마나 외로우셨을까.
긴긴밤이 얼마나 적막하셨을까.

이웃집 할머니 한 분이 가끔 주무시러 오셨는데
그분은 새벽에 일어나 담배를 피우곤 하셔서 어머니의 잠을 깨웠다.
무슨 이야기가 그렇게 많으셨던지,
도란도란 이야기는 마당을 둘러 흐르는 냇물소리처럼 정다웠다.
지금쯤 고향 집에도 겹 매화가 피고 있겠다.
키가 커서 하늘에 닿을 듯 자목련과 백목련, 종려나무는 베어지고
두견새 그대로 슬피 우는 밤, 빈 집만 덩그러니 외지 사람이 살고 있다.

고향집 윗마을에, 가까운 동네서는 밥을 얻어먹지 않고 먼데서

식사를 해결하며 혼자 사는 맨발이 아저씨라는 걸인이 있었다.
늘 신발도 신지 않은 채 풀로 만든 우장을 입고 다녔다.
어린 시절 우리에게는 무서움의 대상이었다.
풀로 얽은 옷을 입고 다녔으니 어린 우리들의 눈에
얼마나 공포의 대상이었는지 모른다.

그때는 몰랐었지만 지금은 조금이나마 이해할 수 있을 것 같다.
물질만능의 시대에 모든 걸 버리고
쇠고리 같은 부부 인연도 맺지 않고 혼자 살아가는
요즘 사람들의 철학을 먼저 실행한 맨발이 아저씨였다.
그 맨발이 아저씨가 어떤 의식이나 철학이 있어서
그런 행색을 한 것은 아니지만 여하튼 아저씨는
우리들의 구경거리이자 공포의 대상이었다.

이런 철학을 가진 사람이 점점 늘어나는 추세라고 한다.
살림이라고는 여행가방 하나,
언제라도 여행 가듯 떠날 수 있는 보헤미안!
그런 사람은 고학력자이면서 전문직 종사자의 부류가 많다고 한다.
가볍게 여유있게 즐기면서 한 생애를 보내겠다는 뜻이다.
하나님께서 인간을 만드실 때
땅을 정복하고 번성하기를 원하셨을 텐데.
그런 독신주의자들은 하나님의 명령을 역행하는 일은 아닌지!

누구는 애기 낳아 가족 부양하며, 아내 구박도 받고
어렵게 세상을 살아가고, 누구는 그렇게 홀가분하게 혼자 사는 등
세상은 불공평한 것 같다.
그래도 인연 지어진 대로 그렇게 사는 것이 우리네 인생이다.
자기가 처한 곳에서 열심히 즐겁게 살 일이다.
그게 하늘의 뜻이리라.

봉선화 붉게 피던

타작마당을 지나 황토와 자갈을 섞어 담을 쌓은 중문을 들어서면
오른쪽으로 큰 건물이 나온다.
그건 창고 건물이었는데 농기구와 쌀가마니가 늘 쟁여져 있었다.
내 유년의 기억은 지금도 선연하다.

사랑채와 안채를 들락거리며 숨바꼭질을 하고,
탱자 울타리 노란 열매와 장독대 옆에서 소꿉장난을 하던
고향집의 기억은 언제고 어머니의 얼굴과 함께
오버랩 되어오는 그리움의 착지이다.

집 안채로 들어가려면 사랑채 부엌을 지난다.
그 부엌 가마솥엔 언제나 소죽을 끓인 흔적이 남아 있었다.
안채로 들어가면 부엌과 안방 마루가 있고 일상이 전개되던
내 유년의 집이다.
부엌 옆엔 둥글게 조약돌을 깔아놓은 장독대가 있고 커다란 장독에는
언제나 간장이 담겨져 숯과 붉은 고추를 띄우고 있었다.
그 안쪽엔 배나무가 서 있고 환하게 둘러 핀 봉선화 옆으로
낫을 가는 숫돌이 나란히 놓여있었다.

나는 지금도 도심에서 어쩌다 봉선화 꽃이 핀 정원을 보면
내 그리운 고향집이 떠오른다.
행복했던 내 유년의 기억들은 언제 꺼내 봐도 아름답고 신선하다.
아래채로 가는 옆쪽에는 소 마구간과 헛간,
뒷간을 이은 사랑채가 있었다.
그립고 안쓰런 내 유년의 기억들은 단지 기억으로만 남아 있다.
어디 가서 그 그리운 얼굴들을 만날 수 있을까!
형체도 없는 유년의 집에는
피멍 든 멍울 같은 매화가 활짝 피어 나를 반기고 있다.
먼 산에서 여전히 소쩍새 우는 소리도 들린다.
덧없이 흘러간 고향의 언덕에서 하염없이 지난 세월의 회억에 잠긴다.
흰 무명옷을 입고 머리엔 수건을 동여매고 낫을 갈던 일꾼들,
그 옆에서 하얀 미소로 꽃잎 지우던 맨발의 봉선화가 생각난다.
떨어진 꽃잎을 주워서 손톱 끝에 꽃물들이던 추억도 새롭다.

비가 와서 타작마당 이끼에 넘어졌던 기억과 타작이 끝나면
잘 익은 알곡들이 가마니에 넣어져 쌓여가던 풍성하던
그 가을의 추억과 남새밭의 채소와 키 큰 옥수수 잎을 흔들던 바람,
마당의 벼슬 붉은 닭들이랑 우마차 지나던 신작로의 자갈길.
내 인생의 마지막 회랑에서 봄이 오는 길목을 헤맨다.

이런 기억이라도 있으니 모두가 사라진 고향이
그렇게 삭막하지도 않고 위로를 받는가 보다.

하늘은 황혼 빛으로 물들어 가고 새들은 그림자 떨구고

어디론가 날아간다.

이세돌과 알파고

겨우내 찬바람이 불고 마른 낙엽이 쌓인 뜰에 노란 황금 꽃잔을
펴든 복수초를 따라 크로커스 순이 탐스럽게 올라온다.
각종 꽃나무와 모란도 새순이 오르는 등 봄은 넘치게 밀려온다.

TV에서는 이세돌과 알파고의 바둑대결 생중계가 한창이다.
그런데 얼굴 없는 괴물 인공지능이 사람을 이겼다.
바둑계의 대표 이세돌이 구글의 인공지능 알파고에게 내리
세 판을 지고 인간들은 자기가 만든 그물에 걸려 항복을 하고 말았다.
그러나 오늘은 이세돌의 약진으로 인공지능 알파고도 후반에
꼬리를 내렸다. 세 판을 지고 한판승을 한 이세돌은 기쁘다고 한다.

세계의 이목이 집중된 승리는 그나마 우리의 마음을 조금 위로해
주었다. 그러나 어느 일간지에는 의학 법률 경제 전문직까지
인공지능 컴퓨터의 결정이 정답이 되는 시대가 왔다고 전한다.
앞으로는 상상도 못하게 우리의 현실이 변화될 것 같다.
이런 세상을 종교에서는 어떻게 설명할 것인지 궁금하다.

나는 두려운 생각이 든다.

인간의 얍삽한 지혜가 한계를 넘는 듯해서 두려운 생각이다.
디지털의 세계가 우리를 편리하게 하지만 언젠가
그들이 우리 인간도 지배하게 된다면 큰일이 아닌가!
끝내는 알파고 같은 인공지능들이 그림을 그려대고
문학작품을 써대고 하는 날이 오면 세상은 어찌 변해 갈까?
두렵다. 아이들 만화처럼 로봇의 시대도 멀지 않은 것 같다.

인공지능을 갖춘 기계와 컴퓨터가
인간고유의 영역이라 여겨왔던 지능과 종합적인 판단력에서
인간을 뛰어넘는 사례가 눈앞에 등장한 것이다.
인공지능이 두뇌를 쓰는 분야에서 가장 뛰어난 사람보다
더 확실한 정답을 제시할 수 있다는 사실을 알파고가 입증했다.

이러한 현상은 바둑과 같은 게임에 국한된 것이 아니라 이미
의료 금융 등 다양한 분야에서 인공지능이 인간 전문가보다
월등한 실력을 발휘하고 있다고 한다.
2011년 첫 선을 보인 의료지능 왓슨은 불과 5년 만에 최고 수준의
의사와 비슷하거나 오히려 뛰어난 진단 능력을 갖추었다고 한다.
해지펀드에서도 인공지능이 펀드매니저보다 높은 수익률을
기록한다 하니 돈을 버는 것도 이제는 인공지능에 의지해야 되고
병을 낫게 하는 일도 다 인공지능에게 맡겨야 하는 것이 아닌지
걱정스럽다.

복수초가 피던 날

정 교수가 심어놓고 가신 뜨락의 복수초가
이 봄을 마감하고 이제 그 모습을 감추려 한다.

눈 속을 헤집고 가장 먼저 찾아 와서 봄을 알려주던 복수초.
봄의 여신 노란 얼굴을 보려고 정 교수는 얼마나 애지중지
그 꽃을 보살폈던가.
이 봄날 그도 없이 지는 꽃을 나 혼자 보고 있다.
잘 가라 꽃들이여.

그분이 늘 돌보며 꽃가지를 잘라주던 개나리, 진달래도
조금만 있으면 마당 가득히 꽃을 피우겠다.
다른 스케줄로 함께 가지 못한 문학 동아리의 꽃 마중 여행길에
양재역 출발지까지 가서 손만 흔들어 주고 왔다.
매화꽃 더미 속에서 여인들의 행복한 웃음소리가
왁자지껄 들리는 듯하다.

해거름에 큰아들 직장에서 카톡이 왔다.
엊그제 찍은 주말 남양주 아빠의 무덤가에 핀

복수초 사진을 보내온 것이다.
누가 심지도 않았는데 노란 복수초 한 송이가
무덤가에 피어있는 사진이다.
아들은 아빠를 만난 듯 반가웠던가 보다.
무덤 입구 밭에는 야생화를 심기 위해 벌써부터 굴삭기로
땅을 고르고 돌을 가려내는 등 정리해 놓았다고 한다.

입구에서부터 벚나무를 심어서 지난해 하얗게 피었던 벚꽃처럼
영산홍 철쭉동산은 올해도 초봄부터 늦가을까지
무성한 꽃을 피울 것이다.
그분을 생각하는 아들의 정성은 이렇게 눈물겹기만 한데
나의 슬픔은 위로받지 못하고 시간이 흐를수록 그리움만 더해 간다.
캄캄한 새벽 찬바람을 맞으며 주말에도 혼자 찾아가는
아들의 뜨거운 아빠 사랑에 그저 감동할 뿐이다.

언제나 고요하고 말이 없으시던 그분,
몸과 마음이 늘 건강하시던 그분,
거실에서 안방에서 우리를 보고 웃으며 우리와 늘 함께 계신 것만 같다.
나는 아직도 그의 부재를 실감하지 못할 때가 많다.
언제고 빙그레 웃음 지으시며 현관을 열고 오실 것 같다.

삶이 무엇인지 너무 슬프다.
야속하기만 한 세상은 아픔이다.

인연을 지우고 살다가 맞이하는 이런 이별은 도대체 무엇인지?
누구에게나 필연이고 나도 가야 하지만 너무 슬프다.
날이 갈수록 세상은 비어서 이렇게 허전하기만 하다.
꿈이 아닌 현실이다.

> 겨울의 잔설이
> 남아 있는 이 뜨락
> 경이롭고 신비한
> 아이누 여인이어
> 황금색
> 가사를 걸치고
> 하늘 받쳐 또 이고
> 수복의 황금 햇살을
> 꽃 잔에 담아든 채로
> 소쩍새 울음소리
> 추스르는 이 한밤중
> 무거운 눈꺼풀 열고
> 봄을 이고 오시네.
> – 허윤정 「복수초의 기도」

계절보다 먼저 온 노란 손님
그 아릿다움을 반기시던 정 교수
나도 모르게 봉분을 열고 나와
그 손님과 만나고 가셨을까?

봄날은 간다

아침햇살이 평화롭다.
창문밖엔 개나리가 그날처럼 노랗다.
얼키설키 얽히고 늘어진 가지들이 저마다
노란 꽃등을 줄줄이 달고 있다.
어찌 저들이 계절을 알고 저렇듯 어여쁜 꽃들을 피워내는가?
어찌 저 미물들이 봄을 알고 색색의 모양새로 봄 마중을 나왔을까.
그가 가시는 길에 줄을 서서 노란 등불을 든 저 귀여운 여인들
뜰에는 이름 모를 화초들이 작은 꽃을 피우고
담을 넘은 이웃집 키 큰 목련이 집안을 기웃대는 봄날이다.

있는 것은 사라지고 얻은 것은 잃게 되고
이룬 것은 다 허물어지는 세상의 이치여라.
채 봄이 다 가기 전에 벌써 가을이 온 듯하다.
계절을 앞서가는 내 마음 따라
꽃도 나뭇잎도 차가운 거리를 슬픔이 되어 떠도는 노래가 된다.

지난날들은 아픈 강물이 되고
봄날은 그리움의 찬란한 슬픔을 안긴다.

살아있음이 축복임을 느끼는 이 아침

꽃이 피고 새가 울 듯

언제나 하늘은 열려있고 우리는 날마다 새 아침을 맞는다.

정 교수 가고 없는 우리집에도

봄은 이렇게 제멋대로 오고

내 마음은 아직 봄을 맞을 준비가 부족하다.

미안하다 찬란한 봄이여!

4월은

계절 따라 화사하게 피어나는 꽃들이
4월의 교향곡을 일제히 연주하기 시작했다.

저 작은 목숨들의 아우성 아우성!
엘리엇은 4월은 잔인한 달이라 노래했지만
환희로 가득 찬 세상이구나.

춥고 떨리는 무서운 침묵, 그 함성도 함께 팡파르를 울린다.
꿈처럼 설레는 꽃들이 피기 시작하는 4월은 기억처럼 찾아 왔다.
천지는 온통 꽃 축제의 콘서트장이다.

화려한 꽃 그 불빛 아래 펼쳐지는 축제의 밤,
지난 가을 아니 수 억겁 년 전부터 안으로 준비한 콘서트장이다.
그것도 봄이 가을을 예비하고 만남은 이별을 예비하듯
그대로 끝날 것이다.
벌써 약속된 시간은 다가오는데 저 꽃잎 다 지고 나면
얼마나 허전할까.
그래도 꽃들은 꽃 진 자리마다 열매를 맺으리라.

가지를 치고 둥치를 키우고 열매를 맺고
부지런한 삶의 샘물을 퍼 올리리라.

분에 넘치는 호사다.
우리가 이렇게 누리고 살아도 되는지 가슴 졸이는 일이다.
그러나 꽃들은 웃으며 피었다 웃으며 져 버린다.
미련도 아픔도 없다.
4월은 봄꽃이 지는 달이다.
그래서 4월은 잔인한 달April is the cruelest month이라고
T. S. 엘리엇은 노래했던가.
봄은 가고 슬픔은 남아도
황무지 그 재건의 땅에는 아직 우리가 머물러야할 계절이
많이 남아있다.

뭉게구름도 저렇게 꽃피는 4월,
오늘은 우리 집 어항 구피가 새끼 13마리를 순산한 날이다.
축하 축하! 새봄과 함께 새 생명의 탄생을.

자아로 돌아와서

그 꽃자리에 초록은 꿈을 깨고 자아로 돌아왔다.
열심히 피워낸 꽃들은 지고
이제 돋아나는 초록의 세상
자기 발견으로 돌아오는 길이다.
4월의 화려한 꽃 잔치는 끝났다.
혹한의 겨울 동안 말없이 길어 올렸던 수액으로
화려한 꽃의 계절을 보내고 가지 위에 우뚝 선 잎들의 향연
마을도 지나고 건널목도 건너서 내면의 자기로 돌아왔다.
저 싱싱한 연초록 풀빛은 온통 생명의 열기로 충만해 있다.
이제부터 저들은 세상을 자기들의 색깔로 물들일 것이다.
저들이 만드는 초록의 세상
정 교수가 그리도 좋아하는 녹음의 세상이다.
쇠 항아리에 낀 먹구름 같은 하늘을 벗어나
더 넓은 시야로 구름 저 너머의 하늘을 보는 것이다.
그리고 완전 자아로 돌아오는 길이다.
이제부터는 자기에게 겸손하며 자기에게 사사 받는 일이다.
세상의 각박한 일도 자기에게서 위로 받으며
자신과 함께 저 풀빛세상을 노 저어 가리라.

자기 말고는 아무도 대신 해주는 이가 없다.

마음 가는 대로 잠 오면 잠자고 배고프면 밥 먹으며
그대와 더불어 그냥 사는 것이다.
소박하고 담백하고 너그럽게 살아야 한다.
어떤 어려움에 처해도 인내하며 살아야 한다.
미국의 강철 왕 카네기는 인내가 성공의 제일 승부수라고 했다.
말하자면 포기하지 말라는 뜻이 되겠다.

우리 그런대로 한세상 살면서 세상을 즐기고 살 일이다.
아는 자는 좋아하는 자만 못하고,
좋아하는 자는 즐기는 자만 못하다고 공자는 말했다.
우리는 저 푸른 자유의 세상에서
존중하는 자기로 돌아와 참 삶으로 즐겁게 살아야 할 것이다.

남양주의 로망스

기쁨과 슬픔과 화려함을 치마 속까지 다 보여주던 꽃잎들
4월의 꽃들도 그 절정을 넘어 이제는 지고 있는 늦봄의 주말이다.
그럼에도 서울은 아직 환한 꽃밭이다.
가는 곳마다 꽃들은 환하고 요염하게 피어있다.
저렇게 대책 없는 웃음을 퍼트리며 완전히 자기들 세상이다.
정원에도 공원에도 길가에도 골목 안에도
꽃들의 아우성이다.

좀 서서히 피어서 오래나 기다려주지, 금세 저버릴 저 환상의 꽃 세상.
연인들은 선글라스를 끼고 꽃 그늘을 거닌다.
하지만 그대들의 사랑은 저 꽃들을 닮지 마라.
영원히 지지 않는 꽃으로 피어 있어라!
청춘들이여 꽃처럼 피어 실한 열매를 맺으라. 그리고 즐겨라.

아침에 아래 동네 꽃길을 거닐고 있는데 아들의 전화가 왔다.
남양주 아버지 묘소에 가자고 한다.
아들은 나의 우울한 마음을 읽고 있었나 보다.
이 화창한 봄날 꽃들의 환호에 행복해하던 정 교수 생각에

아들도 나처럼 아버지 생각을 했나 보다.
자상하고 다감한 제 아버지를 빼 닮은 아들
어디에 세워도 부족함 없는 집안의 대들보다.

지난해 심은 벚꽃은 하얗게 피어서 사열하는 병사처럼
봄을 마중하고 있다.
개나리, 진달래, 복사꽃 등 온갖 이름의 노랑 빨강 하양 꽃들,
울긋불긋 색색의 꽃들은 겨우내 저며 낸 웃음이나 혹은 울음을
저 혼자 피어서 보는 사람도 없는데 그 절정을 이루고 있다.

지난주에 아들 혼자 가서 심었다는 튤립도 붉게 피어 있는데
오늘 다시 카네이션과 능소화, 두릅나무 등을 정성껏 심었다.
아들의 저런 자상한 모습을 보며 얼마나 흐뭇해 하실까?
정 교수는 혼자서 빙그레 웃고 계시리라.

들깨를 심다가 실수로 쏟아버리는 바람에 내일 다시 식솔들을
데리고 가서 모종을 해야 한다. 쑥들도 제법 자라서 파랗다.
비료를 뿌려 갈아 놓은 밭에는 명이, 머위, 부추 등 채소를 심었다.
나와 아들이 돌아가고 없는 사이 정 교수가 혼자서 채소들을
돌볼 것만 같다. 자주 가서 고추나 가지도 심고, 배추도 심어 기르며
여름 한철 바람과 구름을 벗 삼아 농사나 짓고 살았으면 좋겠다.
저 꽃들의 화사한 계절이 남양주의 로망스로 떠오르는
참 쓸쓸한 축복의 계절이다.

물매화 피는 언덕

아침에 일어나서 거울을 본다.
내가 나에게 아침인사를 건넨다.
몸도 마음도 건강하게 즐겁게
나에게 외친다.

너는 할 수 있다. 너는 주인이다.
기쁨도 슬픔도 네가 주관하는 의식의 주인이다.
의식에 단청하지 말고 그냥 있는 그대로 살아라.
너는 무한량의 빛이다.
저 바다 밑까지도 밝혀드는 심연의 빛이다.
그러나 안개 속의 굴절처럼 의식은 늘 불안하다.

더운 물을 한 잔 마시고 또 하루를 시작한다.
자신으로 돌아가서 환히 비추는 일
그리움처럼, 노을처럼 사랑도 세월도
그대 창가의 감나무 잎이 아기 손처럼 연초록 잎으로 핀다.

황홀하게 먼저 피었던 꽃잎은 금세 지고

그 꽃자리에 파란 잎이 새로 돋아나
연초록의 잔치를 벌이는 계절
새들이 축복하는 그대 그리운 이 아득한 봄날
천지에 서러워할 일이 아무것도 없네.
그대 그리는 일 외에는 아무것도 없네.
그대 그림자 뒤따르는 일 외에는 아무것도 없네.
천지에 부족할 거라고는 아무것도 없네.

철쭉과 '오 대니 보이'

안방에서 내다보이는 발코니 앞에는
해마다 꽃을 피우는 늙은 철쭉 한 그루가 키 큰 도둑처럼 서 있다.
보통 때는 납작 엎드린 모습으로 눈에 잘 띄지 않는 나무다.
나무 둥치도 가늘고 가지마저 가늘어 평소엔 잘 띄지 않는 나무
봄에 일찍 피는 매화나 벚꽃이 지고 나면
뒤따라 밝은 진분홍 꽃잎을 피워서 발코니를 지키고 있다.
꽃이 피어서 질 때까지 밤중에도 내실의 동정을 살피는
찬란한 도둑이다.

참 아름다운 도둑이다.
보면 볼수록 나에게 반짝이는 눈빛으로 이야기를 건넨다.
인생이라든지 이별이라든지
영혼을 노래하는 예술가라는 말
그가 제일 싫어하는 얼치기 예술가들 이야기도 들려준다.
노래가 문학이 되어야 하고,
시가 노래가 되고 삶이 되어야 한다고 한다.
우리 삶은 언제쯤 시처럼 살 수 있을까.

그리고 어느 때는 바이올린이나 기타로
또 조율 안 된 파아노 연주로 노래를 불러준다.
청중이 무슨 필요가 있냐며 이것이 진정한 콘서트라 한다.
세종문화회관의 연주보다 여기가 더 큰 연주홀이라 한다.
나는 그의 유일한 관객이자 청중이다.
'한계령' '개여울' '아씨' '부초' '오 대니보이' '모정' '태양은 가득히'
'그린 그래스 오브 홈'이라든지 샹송을 원어로
혼을 가득 담아 불러주기도 한다.
나를 위한 그의 콘서트! 기쁨이다. 환호다.
세상천지에 누가 이런 화려한 리사이틀을 즐길 수 있단 말인가.
온 세상의 행복이 모여 있는 듯하다.

저 나무는 신의 꽃나무다.
이 세상의 슬픔을 위해 보내준 신의 메신저다.
저 꽃나무는 삶의 도전일 수도 있지만
그래도 도시의 불빛 속에 살아야 한다.
화려해서 더 처연한 슬픔, 꽃은 피어서 이 봄이 더 환하다.

어느 날 그 사랑의 수채화

봄은 매화꽃 꽃지게를 지고
고향집 앞마당에 당도했다 하네.
마음은 어디로 훌쩍 나서고 싶다.

주말이다. 어디로 갈까. 고향으로 갈까?
가는 날이 장날이면 꽃씨도 사 오고
새 먹이도 사 오고, 산나물도 나왔을까?

가볍게 나서서 고향 물소리나 듣고
꽃마중을 다녀올까.
입은 옷으로 나서고 싶다.
미리 계획이나 정확히 스케줄을 짜서 생활하는 게
훈련도 안 되었지만 그걸 잘 못하는 편이다.
그냥 즉석에서 마음 가는 대로 사는 방식이 나에겐 좋다.

친구하고 전화하다가, 가자! 어디로?
가다가 생각하자는 주의다.
그럴 때 일상이 더 스릴있고 재미있다.

같이 있는 한 실장은 어려운 때가 많은가 보다.

오늘이야 실장도 없고 혼자 나서면 그만이다.
어제의 친구와 약속도 있었다. 그대로 집을 나섰다.
절집은 아무도 없는 고요의 바다도 갖고 있었다.
좋은 절이라 비움의 미학이 가득하다.
며칠 전 하동 수필가의 집에는 있는 게 너무 많고,
여기는 없는 게 너무 많다.
그래도 불편함이 없었다 .

비우고 사는 삶의 체험을 했다.
그 사찰의 부처도 너그럽고 풍부한 미소와
편안한 자세로 있는 그대로의 대접이 퍽 마음에 들었다.

머무는 동안 우리는 시를 몇 편 생각해 놓았다.
이만한 여행이라면 이승 삶의 여정에서
참 아름다운 추억의 기억으로 남을 것이다.
어느 날 그 사랑의 수채화, 해질녘 노을이 슬픔에 잠긴다.

남양주의 봄

남양주로 가는 길은
강줄기 따라 수목들도 울창하고 자연 경관도 수려하다.
고향 지리산 계곡 비탈진 선산에서 영원히 잠들 줄 알았는데
아들은 이곳에 아버지의 유택을 새로이 마련했다.
먼저 마련한 지리산 쪽의 선산은 서울서 너무 멀어 아들은 아버지의
유택을 남양주 양지바른 곳에 자리 잡고 일주일에 한두 번씩 드나든다.
내가 멀리까지 가는 게 염려되고
또한 자기 아버지를 너무 먼 곳에 보내드릴 수 없다고 했다.
천 오백 평의 제법 넓은 땅에
꽃이란 꽃은 다 심어 놓고 유실수도 심어놓았다.
지난해에 심은 나무들은 자리를 잡고 온갖 꽃을 피워낸다.
화려했던 벚꽃, 매화, 살구꽃부터 개나리, 진달래, 싸리꽃은
자취를 감추고 은은한 연보라 수국과 붉은 철쭉꽃이 다시
그 둘레를 만들어 놓고 점점 짙어지는 신록이 산야를 뒤덮고 있다.

아들은 주말마다 와서 채소를 가꾸고 꽃나무를 사다 심는다.
벌써 두릅이 피어 있다.
오늘은 불판과 고기를 준비해 정자에서 가족끼리 점심을 먹었다.

어린 상추와 쑥갓과 두릅도 꺾어서 첫 농사를 맛보기도 했다.
음식점에서 먹는 것보다 맛이 더 좋았다.

편지 한 통 없이 잊혀진 우체통엔 어떤 소식도 없었다.
사람은 한 번 가면 이렇게 소식도 없어 쓸쓸한가.
그 빈 우체통엔 새들만 와서 지난해처럼 새끼를 부화했다.
지난주 새 둥지에는 새들 부부가 알을 소복이 품고 있더니
오늘 와서 보니 다 부화하여 새끼들로 가득하다.

정 교수가 자기 유택 옆에서 알을 낳고 새끼를 부화시킨 새들을
바라보며 얼마나 좋아하셨을까?
새들과 얘기 나누시며 외롭지 않으시겠다.
생전에도 새들을 불러 아침마다 모이 주는 걸 낙으로 여기시더니
여기서도 그가 새들을 기르시는 것 같다

빨간 우체통 위에 보라색 수국을 꽂아 놓고
축하의 메시지를 보낸다.
우리가 점심을 먹는 동안 새 부부는
부지런히 벌레를 잡아다 먹이는 모양이다.
그들도 우리도 서로의 행동을 가만히 살핀다.
잘 살거라. 정 교수와 잘 지내거라 너희들이 불러주는 노래처럼
귀여운 너희를 우리 정 교수가 잘 지켜주시리라.

지난번에 심은 들깨가 파랗게 올라온다.

산 꿩이 푸덕거리고 꽃은 피고 새는 노래한다.

꽃들은 혼자 흐드러지게 피어서 강산은 이리 아름다운데

도포자락 펄럭이며 한 번 가신 분은 영 소식이 없다.

꽃향기 그윽한 곳에서

그리운 그대 편히 잠드소서!

저 어여쁜 새소리 동무하시며 편히 잠드소서!

천리포 수목원과 안면도에서

2016년 자연사랑 문학제를 위하여
남산「문학의 집 · 서울」에 문인들이 모였다.
김후란 이사장님의 인솔 하에 1박2일 코스로
버스 2대에 나누어 타고 천리포수목원을 향하여 출발하였다.
제법 오랜 시간을 달려와 도착한 천리포 수목원
우리는 기념 촬영도 하고 수목원 관람도 하며 자유 시간을 누렸다.

천리포 수목원 원장이셨던 고 민병갈 박사의 생애와
그분의 한국인보다 더 한국을 사랑한 이야기를 듣고 숙연해졌다.
6 · 25전쟁때 미군으로 참전하여 자기는 전생이 한국인이었다며
한국인으로 귀화하여 평생 독신으로 살며
이 수목원을 일구는 일로 한 생애를 마쳤다고 한다.

그가 생애를 걸고 이뤄낸 천리포수목원은
천리포 바닷가 18여만 평 넓은 땅에 14,000여 종의 식물이
자라고 있는 국내 최대 규모의 아름다운 수목원이다.
300년 뒤를 내다보고 1962년에 척박한 해안의 땅을 매입하여
개간하였다 한다.

현재는 아시아에서 첫 번째로 아름다운 수목원으로 선정되었으며
세계에선 12번째로 아름다운 수목원이 되었다 한다.
누구인들 나라사랑의 마음이 없으랴만
그의 한국사랑은 크고도 거룩했다.

전 생애와 열정을 바쳐 이루어 낸 그의 업적은 대단하다.
세계에서 가장 많은 목련과의 수종들을 갖고 있는 수목원,
세계의 목련과 관련 식물학자들은 대체로 이곳에서
자료를 얻는다고 한다.
그의 아름다운 이야기는 많다.
수목원 한 옆에 고향에서 가져온 블루베리 나무가
펜스 안에 보호되고 있었는데 이 나무에서 열리는 블루베리로
고향의 그리움을 달랬다고 한다.
또한 어머니에 대한 효성이 지극하며 숙소마당에
어머니가 좋아하셨던 목련 라스베리펀을 심어 놓고
“굿모닝 맘” 하고 말을 걸었다고 한다.
어머님에 대한 효심과 목련과 한복과 김치와 된장과
개구리를 좋아했던 이국의 민병갈 원장님.
사후의 육신과 육신을 싼 재료까지도
여기 수목원에 스며드는 종이 재질로 쓰게 했다 한다.
그는 아침마다 “굿모닝 맘!” 하고 인사하던 그 나무 밑에
고이 잠들어 있다.
그는 재력도 있었으며 인물도 잘 생겼고

인품과 꿈이 그러하듯 반듯한 사람이었다.
한사람의 열정과 사랑이 이렇게 큰 성과를
가져올 수 있다는 사실이 감동적이었다.
숙연한 마음으로 수목원을 돌아보았다.

수목원 앞에는 외롭게 떠있는 한 작은 섬이 보인다.
무인도인 닭섬이다.
그분이 매입한 섬으로 그 분은 이 섬을 낭새섬이라고 불렀다고 한다.
바다직박구리를 낭새라고 하는데 해벽에 집을 짓고 살던
이 낭새가 날아가고 오지 않아 붙인 이름이다.
항상 다정다감했던 그의 정서를 알 만한 대목이다.
또는 중국에서 우는 닭소리가 들려 닭섬이라 했다는 설도 있고
닭벼슬처럼 생겨서 닭섬이라 했다는 설도 있다 한다.
썰물 때면 바닷길이 열려 걸어서 섬에 갈 수 있다.
이 섬에서 보는 해 질 녁 풍경은 가히 일품이라고 한다.

이국인인 그가 이 땅에 남겨놓은 이 아름다운 수목원!
수많은 꽃과 나무들의 숲,
그 숲은 그의 염원대로 이 지구와 함께 만대로 울울창창할 것이다.

다음날은 안면도 자연휴양림의 관람이다.
유유자적하게 산책하면서 사색하고 서로 담소도 나누고
참 편안한 여행이었다.

그곳의 게로 만든 찌개와 점심백반은 맛이 좋았다.

먼 바다는 잔잔하다. 바다는 외로운 갈매기처럼 날개를 접고 있다.

우리 일행은 숲들의 이야기를 뒤로 남겨두고 일찍 상경했다.

서울은 초여름 오후 비가 촉촉히 내리고 있었다.

모란이 피다

해 지는 오후가 되면 마음이 쓸쓸하다.
무심한 세월의 바퀴 탓일까?
아니다. 예전이나 지금이나 늘 그래 왔던 것이다.
새들도 제 둥지를 찾아가고
노을은 스러져 어둠이 온다.

거실 창문 앞에는 모란 꽃봉오리가 이제 막 개화를 꿈꾸고 있다.
오늘 밤이 지나면 저 모란 꽃이 활짝 피어날 태세다.

잔뜩 부푼 꽃봉오리가 탐스럽다.
자줏빛 얼굴로 나를 찾아 온 저 귀한 여인
정 교수 온라인 카페 대문에는 활짝 핀 모란이 화려하게 피어있다.
내가 좋아하는 자주색 큰 꽃송이가 탐스럽고 귀골스럽다.
부잣집 안방 마님의 후덕하고 우아한 자태다.

뒤뜰의 모란은 며칠도 견디지 못하고
붉은 꽃잎이 훌훌 떨어져 제 발등을 덮고 누워있다.
변하고 사라지는 것은 모두가 가슴 아픈 일이다.

떨어져 누운 저 모란처럼
우리도 그 필연 앞에 묵묵히 고개를 수그릴 것이다!
모든 것은 다 변하면서 사라져가지
생명이 있는 모든 것들은 그렇게 서서히 사라져간다.

집에서 가까운 월남 국수집에서 가족모임을 하기로 했다.
어린 아이들을 동반한 가족들이 많다.
눈에 띄는 연예인 가족도 와 있다.
식당마다 사람들이 가득 찼다.
가로수 잎이 무성하고 차들은 분주히 오고 간다.
도시의 불빛 골목 안에는 희미한 가로등이 하나둘 켜진다.

내 삶의 봄날도 서서히 가고
그렇게 또 하루의 봄날은 가고 있다.

자작나무 숲에서

한 주에 두 번의 행사가 모두 나무숲에서 이루어졌다.
한국여성문학인회의 2016년 한국 여성문학인 페스티벌이 인제군
용대리 자작나무 숲에서 열렸고 문학의 집 · 2016년 자연사랑
문학제가 천리포수목원과 안면도 자연휴양림에서 열렸다.
두 개의 행사가 모두 자연과 함께하는 뜻있는 행사라서 호감이 갔다.
문인들이야말로 자연 사랑의 길잡이기 때문이리라.

초여름의 날씨는 상쾌하다.
나무의 숲과 시에 젖은 문학인의 밤은
자연의 질서와 계절의 향기에 잠긴 밤이다.
오늘은 1시간 30분을 자작나무 숲을 향해 올랐다.
조금 무리인 듯 힘이 많이 들었다.
고지가 저긴 데 하면서 숲 해설자의 이야기를 들으며 천천히 올랐다.
다른 일행들은 차로 혹은 걸어서 먼저 올라갔다.
그 곳에는 현주용 상송가수의 콘서트가 이미 벌어지고 있었다.
노래를 좋아하시는 김남조 시인의 부탁으로
자작나무 숲의 콘서트가 진행된 것이다.
자작나무를 닮은 김남조 시인께서 여기까지 와서

축사의 말씀을 해주신 것은 우리 여성문학인회의 소중한 의미로
눈물 같은 감성이 아니라 눈물 그 자체다.
그날 그때의 박화성 최정희 모윤숙 임옥인 이영도 한무숙 홍윤숙 외
동시대 여성문인들은 오늘의 이 아름다운 행사를 알고 계실까?
지하의 어느 계곡에서 바람처럼 살고 계신지 안부가 궁금하다.
낮의 일정을 모두 끝낸 지난밤,
현주용 님의 샹송으로 열광의 밤은 깊어 갔다.
아침 식사 전 막간의 시간도 어느 시인의 제의로
30분간 콘서트가 그곳 발코니에서 벌어졌다.
만해마을에서 우리는 아침 이슬처럼 맑고 단아한 표정으로
노래에 취하고 푸른 숲과 시의 향기에 취한
잊지 못하는 낭만의 순간이었다.

자작나무 숲을 숨 헐떡이며 일행 중 제일 마지막 주자로 오른 나는
영원한 명작인 〈닥터지바고〉의 배경이 된
그 자작나무 숲, 새하얀 설경 속에 도열한 러시아의 군대처럼
줄 지어 서있던 자작나무 숲을 보았다.
기름기가 많아서 타들어갈 때 자작자작 소리를 낸다고 해서
자작나무라고 했다고 한다.

키가 죽죽 뻗고 가지를 조용히 흔드는 숲은 그리움이 사운거리는
시의 공화국, 그리운 사람을 기다리는 그리움의 나무다.
미끈하게 빠진 몸매로 얇은 잎새를 달고 하늘로만 오르는

귀족의 나무, 그 숲에서 시인들의 하루는 즐겁고 행복했다.

벌써 그리움이 된 어제의 카톡이 두 두둑 두 두둑 문고리를 흔든다.

모처럼 모든 것을 내려놓고 푸른 하늘을 본다.

"하늘은 늘 열려있지만 누구에게나 보이는 것은 아니다.

마음 각박하지 않는 사람에게만 하늘은 보인다."는

어느 여류시인의 말처럼 두 행사 모두가

유유하게 숲을 거닐며 하늘과 푸른 숲과

우리가 숨 쉬고 살아 있다는 사실을 알게 해주는

각박하지 않은 마음으로 하늘이 보이는 시간들이었다.

꽃의 어록語錄

네 속엔
산도 누워서 잠들고
강물도 춤을 추며 흐르네
바람은 담 넘어와
매화꽃을 깨워놓고

달빛은
창 아래 노닐다 간다
산하山河는 꿈꾸는 사랑
자잘한 꽃무늬로
허공을 수놓는다

전생의
슬픔까지도
환히 비추는 꽃이여
내 마음 기쁨도 슬픔도
여린 무늬로 보듬어 주네

세상은

침묵의 언어로 빚은 얼룩

꿈꾸는 실루엣

비단 폭으로 나부낀다.

— 허윤정의 「꽃의 어록*」 전문

* 2016년 국제펜클럽 펜문학상 본상 수상 시집의 이름이다

6월 주말

지난 주말은 정 교수 지인 10여분이 정 교수 묘소에서
나를 만나자고 한다. 나는 감사한 마음으로 남양주로 갔다.
아들은 주말이면 그곳에 상주하며 묘소를 가꾸고 있다.

서울대 조창섭 교수님은 A4 용지 2장 분량의 편지를
써 와서 낭독하는 등 각자 고인의 회고담은 끝이 없었다.
고인은 청년 시절 눈빛과 목소리부터 범상한 친구가 아니었다며
그때가 진주고교 대대장 하던 시절의 이야기를 회고했다.

참석하신 분 중에는 지관도 계셨다.
기계 값이 비싸다고 말하며 그 기계로 측량하더니 왕릉 자리라 한다.
생전의 고인이 이 자리를 잡아 놓고 가셨느냐고 물어본다.
아들은 아버지 몰래 안 가본 자리 없이 그곳 남양주 일대를
한 달간 헤매고 다녀서 구입한 땅이라 했다.

아들은 그곳에 밭을 가꾸고 꽃나무를 위하여
지하수를 수도로 연결해 놓았다.
주말마다 제단을 닦아드리고 잔디 씨를 묘지 위에 더 심고,

정성을 드리는 만큼 그곳은 아름다운 동산이 되어있다.
지나가는 사람들은 자기 아이들 데리고 여기 와 봐야겠다고
아들을 칭찬하고 지나간다.

파 상추 고추 토마토 호박 고구마 옥수수 열무 들깨 등
많은 채소와 여러 종류의 유실수를 심어놓았다.
팔당은 상수도보호지역이라 화학비료 금지구역이어서
채소도 유기농이라 한다.
어느 채소보다 부드럽고 향이 다르다.
햇볕이 좋아 고추가 오이만 하다.
상추 깻잎 고추를 따 와서 이웃집들과 나누어 먹기도 한다.
그날 하루는 정 교수도 지하에서 많이 반갑고 기뻐하였으리라.

비 오는 밤

창밖에 비 오는 날
그 화가의 가버린 사랑 이야기로
반나절 시간을 흘려 보냈다
젊은 날의 사랑이야기는 언제 들어도
연민이고 눈물이다.

그녀의 사랑이야기가
내 사랑이야기가 된 듯 낙엽이 진다
사랑은 주는 것 사랑은 아픔이다
밤새도록 빗소리는
지난 날 추억의 행간에서
그 사리를 채굴하고 있다.

분을 다 못 삭인 밤비,
밤새도록 내리고 그래도 모자라
이 새벽 또 비가 내린다
영화 속 김혜자는 치매노인이 되어 베개를 업고
신접살림 하던 옛 골목을 거닐고 있다.

그녀의 한 많은 사랑 이야기는

저리 길을 잃고 방황하고 있다

사랑은 아픔이고, 생존은 슬픔이야

바람에 불려가는 저 나그네

바람 불고 비 오는 밤

아리아! G선상의 슬픈 아리아

아 사랑은 가고.

시문회

50년을 함께 지낸 문학 동아리 시문회 월례회 날이다.
한국여성문학회도 그 연조가 비슷하다.
긴 세월 동안 한국여성문학의 단체인 두 곳은 변함없이 다닌다.
어제도 조금 일찍 도착했는데 차례대로 사진을 찍는다고
손을 흔들어 보란다.

장소는 명동 주부회관이다.
그곳은 현재로 한국소비자연합회의 회관 사무실이다.
요리부가 있어서 대체로 음식은 잘 나온다.
45명의 회원이 모였다. 지난 5월의 신사임당 기념
전국주부백일장으로 당선된 신입회원 환영회가 있었다.
회원 자격은 그 백일장의 입상자로 뽑힌 여성 문학인들이다.
물론 기성문인도 있다. 5년 재수해서 들어온 회원도 있다.
모두 우아하고 지성미 넘치는 문학 동아리로
여성들의 선망의 모임이기도 하다.

아무튼 오전 11시부터 회의가 시작되었다.
한 사람 한 사람의 이야기가 보통이 아니었다.

그로 인해 시간은 1시간 반이 흘러도 회의는 끝날 줄 모른다.
배고픈 사람들은 난리다.
나는 밥보다 그 이야기들이 더 좋았다.
대단한 인재들이 모인 장소였다.
그중에서도 최원영 선생님의 인연 이야기가 마음에 와 닿았다.
눈 깜짝 할 사이를 "찰나"라 하고 손가락 한 번 튕기는 것을
"탄지"라 하고 숨 한번 쉬는 시간을 "순식간"이라고 한다.
반면에 "겁"이란 헤아릴 수조차 없는 길고 긴 세월이다.

실제로 힌두교에서는 43억 2천만 년을 한 "겁"이라고 말한다고 한다.
우리 살면서 만나는 수많은 사람들은
겁의 인연으로 만난다는 말이 있다는데
500겁의 인연이 있어야 옷깃을 스칠 수 있고,
2000겁의 세월이 지나면 사람과 사람이 하루 동안
동행할 수 있는 기회가 생기며,
5000겁의 인연이 되어야 이웃으로 태어날 수 있다 하고
6000겁이 넘는 인연이 되어야 하룻밤을 같이 잘 수 있으며
억겁의 세월이 되어야 평생 함께 살 수 있다고 한다.

참 놀라운 이야기다.
우리의 만남은 상상이 불가능한 시간의 결과인 셈이다 .
만남의 인연에 대해 많은 생각을 하게 된다.

새소리 하루를 연다

새벽 4시 43분, 오늘도 새들보다 일찍 잠에서 깨어났다.
아침 일찍 일어나는 습관은 평생을 지켜왔다.
하루의 시작은 새벽이고 일년의 시작은 원단에 있다고 했다.
새들이 깨기 전 내가 먼저 새벽을 연다.

고향마을에서 첫닭 울음소리는 하루가 열리는 자연의 소리였다.
이 삭막한 도시에서 새소리를
듣는 것은 아직 도시가 살아 있다는 뜻이다.
먼 데 산비둘기 소리도 들리기 시작하고
매미 소리도 오늘 처음 들려온다.
정 교수 가시고 정신없이
허우적이며 사는 동안 벌써 여름은 깊었나 보다.

계절은 그렇게 나와 상관없이 흘러간다.
가슴 한 켠에 부는 찬바람,
고독을 실감한다.
그의 부재가 나를 이리 허무하게 하나보다.
평생 내 옆을 지켜 주리라던 그도 가고

젊음도 가고 왠지 삶이 허무해지는 하루다.

군중 속의 고독이라고 했던가!
어린 시절로 돌아가고 싶다.
대문에 기대서서 나를 기다리시던 고향집의 어머니
매화나무는 지금쯤 속잎 피어 나겠다.
마당 앞을 흐르던 물소리를 베개 삼아 잠이 들던
그곳의 꿈결 같은 지난 날이 지금도 생생하다.

뒷산에 두견새 울고 종려나무 두 그루,
앞마당을 스치던 그 바람소리 지금도 그대로 서성이고 있을까?
오늘은 더욱 고향집으로 달려가고 싶다.
소녀 시절 뒷산 도솔사 암자에서 여승들과 호박전을
부쳐 먹던 그날이 생각난다.

그 푸른 눈의 젊은 여승도 이제는 노승이 되어 있고
철없이 만나고 싶었던 사람도 가고,
친하던 시인은 치매가 들어 하루에도
수십 통 오던 전화가 요즈음은 조용하다.

세월은 변하면서 사라지는 것
잊자, 잊으면서 그냥 그렇게 사는 일이다.
기도하는 마음으로 그렇게 사는 일이다.

하늘이 똑 같다

늦은 오후 낮잠에서 깨어보니 새벽처럼 환하다.
잠시 새벽인 줄 착각했다.
새벽과 저녁이 하늘은 똑 같네
조금 더 자려는데 딸과 아들이 각각 찾아왔다.

젊은 시절 내가 그들을 키우고 보호했듯
이제는 아들 딸들이 나를 보호하며 염려하고 있다.
세상은 그렇게 흘러가고 흘러온다.

주말이라 딸은 엄마의 저녁밥 걱정되어서 왔고
아들은 남양주 아버지 묘소를 다녀왔다고 한다.
지난 비에 별일 없는지 둘러보러 갔다 오면서
고추 파 방울토마토 등 농작물을 많이 가지고 왔다.
지난번에 갔을 때 고구마밭에 잎과 줄기가 무성하여 탐스러웠는데
멧돼지가 철조망을 뚫고 들어와
고구마밭을 이파리 하나 안 남기고 갈아엎어 놓았다고 한다.
멧돼지 녀석들은 양심도 없다.
반반쯤 나눠 먹어도 좋으련만 요절을 내 버렸다니.

저녁 시간이라서 온 식구가 모여 저녁을 먹으면서
그동안의 이야기를 나눴다.
사위는 맥주와 소주와 오리 고기를 사오고
딸과 며느리는 저녁 준비를 하여 가족 파티가 시작되었다.
새로 인수한 아들 회사의 사업계획이라던가
나의 시집출판 이야기와 외손자들의 취업과 진학 이야기로
진지하고 재미있었다.
혈육으로 뭉쳐진 가족은 이리도 따뜻하고 아름답고 살가운 것이구나!

손자 민섭이는 중국 학교의 방학 시작이다.
오늘 오후에 귀국하는 날이라 휴일인데도 한 실장 출근을 시켜서
민섭이 마중을 가게 했다.
민섭이는 우리 집안의 장손이다.
장손답게 얼마나 미덥고 든든한지
나는 녀석을 바라다보기만 해도 흐뭇하다.
공부도 잘하고 그림도 잘 그리는 민섭이는 우리 가문의 보물 1호다.
세상의 보물이 되기를 바란다.

늦은 만남을 위하여

벌써 7월도 하순이다. 날씨가 이렇게 더울 수가 없다.
더위가 기승을 부릴 시기이기도 하다.
지난밤엔 밤새 작은 선풍기를 켜놓고 잤다.
엊그제 만난 중남미 문화원 홍갑표 이사장이 선물로 준
그의 자서전『지금도 꿈을 꾼다』책을 밤사이 읽고 감동을 받았다.
동시대를 살아온 삶의 애환과 굴곡에 공감하면서
인생의 동반자를 만난 환희를 느꼈다.

그날도 부산과 서울서 온 친구와 집에서 점심을 먹고
두 대의 차를 타고 고양시에 있는 중남미문화원을 방문했다.
83세의 대사 부인은 따스한 손을 꼭 잡고
그 넓은 공간을 안내해 주셨다.
『지금도 꿈을 꾼다』라는 자서전에 이어령 교수의 발문도
문화행정의 달인처럼 서술되어 있었다.
그분은 유언처럼 쓰셨다고 하면서
"허윤정 시인 중남미 문화원과 함께 꿈을 꾸며 함께 행복 합시다.
2016. 7. 22"이라고 사인해 주셨다.

책 내용은 간략하면서도 자기 삶의 스토리가
있는 그대로 진솔하게 전개되어 있었으며
역동적인 삶의 에너지가 마음깊이 와 닿았다.
삶의 난관을 극복하는 모습과 지혜로운 삶의 방식과
간단한 말들도 대단한 삶의 지침으로 다가왔다.
『지금도 꿈을 꾼다』는 책 제목처럼
그분은 지금도 에너지가 넘치고 있었다.
그분은 불운을 행운으로 대치시키는 신묘한 방법을
터득하고 있는 달인처럼 보였다.
이제 자꾸 그분을 만나러 가고 싶었다.
매미 우는 여름날에 늦은 만남의 인연을 고마워하면서 이 글을 쓴다.

무더운 여름날에

날씨가 무더워서 헉헉거릴 정도였다.
젊은이들은 국내외로 삼삼오오 짝을 지어 피서를 떠나고
시내 남은 사람들은 별로 없는 것 같다.
몇몇 문인들이 모여 집근처 '야미'라는 음식점에서 점심을 먹었다.
문학인들은 맛도 있어야 하지만 분위기를 더 중요하게 여긴다.
가격도 착하고 분위기도 좋은 장소에서 좋은 우정을 만나
서로 담소를 나누면 그건 더 좋은 일이다.
메뉴는 샤브샤브로 정했는데 점심시간이라 가격이 저렴했다.

"멀리서 벗이 찾아오니 이 아니 반가우랴"
논어의 한 구절이 아니더라도 마음 맞는 벗들과 맛있는 음식을 즐기며
한나절을 보낸다면 이보다 더 좋은 게 어디 있으랴!
마침 법원 뒤쪽 옛날 용수산 자리에 아담하고 시원한 카페가 생겼다.
'야미'에서 점심을 먹은 사람은 커피값을 50% 할인해 주었다.
스테이지에서 노래도 부를 수 있고 분위기도 차분하고 멋스러웠다.
마침 『어느 하늘 빈자리』 나의 시집이 영문 판으로 번역되어
나온 날이다. 며칠 전에 발간된 『꽃의 語錄』 시집과 책 두 권을
선물로 나누어 보는 날이 되었다.

가을이었다면 서리풀동산 산책도 하고

몽마르뜨 공원도 거닐었으련만 날이 더워 카페에서

벗들과 담소하는 것으로 만족해야 했다.

마침 오늘이 복날이라고 한다.

올해의 복날 더위는 그렇게 행복하게 보낸 셈이다.

밖에는 매미소리가 들리고 초목의 푸름이 더없이 고요하다.

가끔 새소리 들리고, 살아있음을 느끼는 어느 무더운 여름날이다.

2016년 7월도 다 간다

주말이다. 날은 덥고 여름도 깊어 간다.
어제는 몇몇 분께 시집 발송 작업을 했다.
온 집안은 적막으로 가득하다.
손전화기엔 반가운 카톡이 와 있다.
인터넷 카페에 댓글도 달고 문자메시지에 답글도 단다.
지금처럼 스마트폰이 없던 시절 어떻게 살았을까?
웃음이 난다.
이렇게 시시각각 통화도 하고 의견도 나눌 수 있으니
얼마나 좋은 세상인가.
정보화시대의 총아는 단연 스마트폰이다.
이렇듯 소통의 시간은 행복 그 자체다.

깊은 산속도 아닌데 그날처럼 뻐꾸기 울음소리가 구슬피 운다.
더운 날씨는 바람 한 점 없다.
얼마 전 문학의 집 · 서울과 천리포수목원에서
자연 사랑의 문학행사 모임 글 모음집이 나왔다.
그곳에 실린 글을 보고 어느 문학인이 전화를 했다.
반갑고 고마운 일이다.

오늘은 북한산 어느 들머리에서 이명권 교수의 철학 강의 초청이 있다.
그곳에서 오후의 시간을 보내야 한다.
신학과 철학 특히 힌두교 철학 등
타 종교와의 관계설정에 자유로운 이 교수의 강의가 듣고 싶다.
그가 말한 '자타불이自他不異'의 베다 철학을
가까이 접할 수 있는 계기가 됐으면 한다.
아직 어둠이 깃들어 있는 새벽이다.
오늘 하루도 보람되고 살아있는 즐거움이 있을 것 같다.
2016년 7월도 하루를 남겨 놓은 주말이다.

8월

초대 안 해도 막무가내로 8월은 손님으로 왔다.
그 무덥던 여름도 막바지다.
맹위를 떨치며 극성을 부리던 더위도 요 며칠 지나면
그 수위가 수그러들겠지.
남양주 정 교수 유택에 목백일홍이 피었다는 소식이다.

아름다운 여름 꽃으로 백일홍만한 게 또 있을까?
진분홍의 열정으로 한여름을 빛내주는 꽃
정 교수가 그리 좋아하시던 꽃이다.

허공중 세월은 종이배처럼 떠간다.
철학자 모임의 초청은 북한산의 노고산자락
흙으로 지은 산방에서 있었다.

그 산방 내공의 깊이는 동굴처럼 느껴지기도 했다.
더운 날씨에도 지리산 병차의 향은 좋았다.
차향은 이리도 사람을 그윽하게 하는구나!
그 옛날 선비나 풍류객들은 이 맛으로 차를 즐기고 시문을 즐겼으리라.

이명권 박사의 풍류에 대한 이야기가 좋았다.
작은 모임이지만 니체도 칸트도 다 나왔다.

중국과 한국의 풍류철학자 두보 최치원 이규보 매월당 신채호
김삿갓 등 그분들의 삶의 향기와 흔적이 방안으로 가득했다.
역시 고품격의 삶 이야기다.
두보나 최치원 이규보 매월당 같은 당대의 석학들이 엮어내는
고차원의 그 풍류를 지금 사람들도 즐기며 살았으면 좋겠다.
무더위 속에서 세월이 익을 대로 익은 은행나무가 방문 앞에 서 있다.

숲속이라 모기가 다리를 물어뜯는다.
수박 맛이 좋았다.
여름은 깊어가고 날은 찌는 듯 덥다.
오늘은 8월 첫날이다.
매미가 마구 운다
여름도 절정인 듯 작열하는 태양은 그 열기가 대단하다.
열매들을 잘 익혀주소서.

아들의 편지

옐로스톤 서쪽하늘에 은하수가 걸린 걸 보고 눈물이 났습니다.
사랑하는 어머니 이젠 마지막 여행을 마치고 돌아갑니다.
라스베가스 숙소에서 사랑하는 가족을 생각해 봅니다.
어머니와 누님 그리고 형님께 큰 감사드립니다.

참 감사한 우리 가족입니다.
어머님껜 막내이지만 우리 집에서는 저도 가장인지라
아버지처럼 든든하게 가족과 함께하고 있습니다.
긴 시간 운전할 때면 아버지 생각이 많이 나서
아버지처럼 이야기도 많이 하고 있어요.
다음 주면 한국에 갑니다.
8월 12일 오후 3시 15분에 도착해요.

너무 고생을 많이 했지만 항상 소녀처럼
행복이 무엇인가를 아시는 어머님께 감사한 마음입니다.
1년이 짧으면 짧지만 참 길기도 했어요.
어머님 1년 미국생활은 어땠나요?

전 형님이나 누님의 큰 도움이 있어 수월했지만
그 시절 어머닌 얼마나 고생이 많으셨어요?
그래도 지나고 나니 추억이듯이
저도 또 다시 기억의 한 켠으로 남겨두고 새로운 시작을 준비합니다.
사랑해요. 그리고 감사드려요.
아버지가 참 보고 싶은 새벽입니다.

미국에서 생활하고 있는 작은아들이 보내온 편지다.
나는 아들의 편지를 읽고 또 읽는다.
행간에 배어있는 아들의 가족 사랑과 그리움을 읽는다.

아들은 언론에 종사하고 있다.
저런 그리움 섞인 편지를 보낼 줄 아는 아들이 자랑스럽고 고맙다.
그 행간마다 스민 아들의 체취를 느끼며 나는 한없이 행복하다.
자기 분야에서 우뚝 선 그를 나는 아직도
학생시절의 철없는 아들로 기억하고 있다.
부족한 어미의 마음이다.
나도 네가 한없이 보고 싶다.
임무 잘 마치고 건강하게 귀국하기 바란다.
자랑스럽고 사랑하는 아들!

해바라기

책갈피 갈피마다
잉카 제국의 새벽별을 본다.
영원을 하루같이
꿈꾸는 해바라기

시간의 성곽엔
황금 깃발이 펄럭이고
네 눈빛 젖은 내 영혼

투탕카멘의 황금 마스크 빛깔이다.
태양을 사랑한 황금빛 영혼이여
둥근 잎새마다 간직한 영원의 꿈

물살 일렁이는 창살에 기대어
그리움 턱 고이고
금빛 잎새 다듬는다.

가을 문턱에 서서

아무리 들어도 질리지 않는 소리가 자연의 소리다.
날씨는 덥지만 그래도 가을의 삽삽한 냄새가 묻어난다.
풍년의 향가가 들려오면 좋겠다.
이 새벽 새소리 매미소리 벌레 우는 소리 자연의 소리가
평화스럽다. 뻐꾸기의 아리아 낮은 저음이 들리기도 한다.
언제 들어도 뻐꾸기의 울음소리는 슬픈 저음이다.

어제는 오전 내내 시집 『꽃의 어록語錄』과
『어느 하늘 빈자리 Some Where in the Sky』 영문시집
발송 작업을 하고 4시에 여의도 국제펜클럽 이사회에 갔다.
9월의 국제한글작가대회 행사에 대하여 회의가 있었다.
지난해에는 고도 경주에서 노벨문학상 수상자와 재미동포 등
각국 문인들도 많이 참석하여 화려한 국제 행사를 치렀었다.

경주에서 치러진 작년의 펜 대회는 문학 행사로는 가히 일품이었다.
천년고도 경주가 주는 분위기만으로도 세계 문인들의 마음을
사로잡기에 부족함이 없었다
유네스코 세계유산으로 등재된 경주야말로

어느 곳에 견주어도 손색없는 고대와 현대가 가장 잘 어우러지는
현존하는 도시이기 때문이다.

올해는 지난해보다 예산이 1억이나 줄었다 한다.
그래서 해외 동포나 노벨상 작가들도 초청을 못했다는
이상문 이사장의 발표가 있었다.
이번 행사에는 평회원은 참가가 불가능하다고 한다.
날씨도 더운데 저녁 만찬까지 화기애애하고 느지막이 돌아 왔다.
펜 잡지의 원고 청탁을 받아놓고 잊어버렸다.
주간이 나무라면서 오늘까지 원고를 넣으라고 한다.
밤잠을 설치고 원고를 보냈다.
날씨는 여전히 덥다.

산/ 『Some where in the Sky』 시집에서

흐드러진 진달래
흔적 없고

오늘은 아카시아 꽃잎이
눈처럼 흩날린다.

그날
법당에서
꽃을 꺾어 들던
부처님

산도 철 따라
꽃을 들어 보인다.

Mountain / Translated by Hur Man-Ho

A shattered azalea
No where to be seen

Today only acanthus flying away

Like snow

That day Buddha

Held flower in

The temple yard

We now see

Flower as mountain reveals.

9월의 어느날

적막에 빠진 가을 강은 더 푸르다.
태양의 밝음이 없다면
모래는 저렇게 반짝이는 별이 될 수 있을까?

별빛을 머금고 반짝이는 이슬,
가을밤 더 슬프게 우는 벌레,
밟아도 밟히지 않는 비탈길의 작은 풀꽃,
모두가 제철의 소임을 스스로 끝내고
이제 떠날 채비가 분주하다.

아침에는 키 작은 풀꽃 같은 민영 시인이 전화를 하셨다.
옛 시인들도 다 떠나고 이제 나이가 많아서 밖의 출입은
자제하고 지내신다며 시인의 어머님 말씀을 전해 주신다.
이웃과 척하고 지내지 말고 가시 돋친 말은 하지 말라고 하셨다는
말씀을 전해 주시는, 참 잔잔하고 고요한 시인이다.
"무척無隻 잘 산다는" 어원의 뜻은 없을 무無자와 외짝 척隻자로
척이 없으면 잘 산다는 뜻이라고 한다(도전道典 2편).
먼저 남을 배려配慮하고 남과 척지지 말고 삼가고

조촐하게 살라는 뜻으로 풀이해 본다.

외출에서 돌아온 저녁에는 신현득 시인의 편지와 함께
한 권의 동시집이 부쳐져 왔다.
내용인즉 아무것도 줄 것이 없어서 파본이라도
시집 한 권 보낸다는 메모와 함께 긴 편지글을 보내왔다.
9월은 시인의 달인가.
밤벌레 울음소리가 삼경의 밤을 메고 어디론가 가고 있다.
9월은 영혼의 집을 통째로 흔들고 있다.

가을날 오후

귀한 선물을 들고 방문한 두 분의 지인과 점심 식사를 하고
함께 남양주 정 교수 묘소를 방문했다.
키가 큰 후박나무와 목백일홍과 더위에 잘 자라준 소나무 두 그루,
꽃나무들이 적막 속에 스산한 가을로 물들어 있다.
뜻밖에 김종길 교수님 전화를 받았다.
문단의 제일 어른이신데 보내드린 영역본의
『어느 하늘 빈자리』(Some Where In The SKY) 시집이
좋다고 칭찬해 주신다.

그 번역한 조카분이 어디 살며 무슨 직종에 종사하느냐고
자세히 물어 오신다.
번역이 마음에 드셨나 보다.
그분께서 영문학자시니 영역이 잘되어 기분이 좋으신 것 같다.
예술원 회원으로 정돈된 삶을 사시고 문학 또한
지극히 교육적이신 선생님의 반갑고 귀한 전화가 감사했다.

하늘에는 뭉게구름이 한가롭고 먼 곳 겹겹이 드리워진
가을 산을 바라보며 잠시 머물다 돌아 왔다.

그는 깊은 잠이 들어 오랜만에 가도 반가운 인사도 없다.
그리움만 여기저기 가득하다.

잊은 듯 살고 있지만 그래도 잊지 못하고
이승과 저승의 아득한 한 거리,
함께 살 땐 그의 숨소리도 다정했다.
오늘은 그대 먼 곳 바람의 노래 까마귀 까욱 까욱
스산한 가을날 오후다.

신현득 시인의 편지

허윤정 시인께

멋진 시집을 내어 오신 허윤정 시인의 영역시집
『어느 하늘 빈자리』(Some where in the Sky)와
또 하나의 시집 『꽃의 어록語錄』을 보내주셔서
감동으로 가슴 벅차게 하네요.
고맙습니다.

길은 멀고 날은 저물어/ 그대를 기다려보지만/
황제도 붓다도 다 가신 길을/ 나의 황제시여!/
대책 없이 그대도 떠나시던 날/
이렇게 먼 기다림인 줄 몰랐습니다./
이별가를 앞세우고

매화꽃 피는 날

눈물 난다 나의 사람아
슬픈 아리아의 봄밤

사랑할 거라는 약속으로 왔지만
그것도 그리 만만치 않다
매화꽃 푸시아 핑크색 짙게 부풀고
살아있는 모두를 위한 축제
내 그대 위한 푸른 시詩가 되리니
분홍빛 꽃잎 벙그는
아직 봄은 먼데
꽃잎 지는 소리
황홀해서 아픈 봄날이다.

매화꽃 피는 하루도 슬픈 작별에서
피는 듯합니다.

「바람은 하산을 꿈꾼다」「두고 온 찻잔」에서 「무채색 언어」
「태초의 빛」에 이르기까지 제목만 외어도 시詩가 되는 벚꽃에서
겹매화에 이르는 긴 이별에서 다시 만남이 꽃피는 계절임을
깨닫게 하는 허윤정 시편의 다발 두고두고 잘 읽겠습니다.
이천십육 팔월 신현득 절

신현득 시인 참 아름답다.
천상 시인이다.
시인마저도 감성이 메말라가는 건조한 이 시대 이런 소회를 적어

보내주는 진정한 시인이 있다니 감사할 일이다.

감사한 마음으로 이 글을 쓴다.

신현득 시인님, 좋은 시 많이 쓰시고 빛나소서!

가을날 고향 강물은 더 푸르네

황금마차를 타고 지나는 시간의 길목에
귀뚜라미는 밤새도록 성근 삼베를 짠다.
모두는 변하고 사라지는 것,

많은 사연을 남기고 뜨겁던 여름도 이제는 안녕을 고한다.
어두운 방황의 동굴 그 미로를 헤매는 주말은 고적하다.

어둡던 밤도 지나고 경이로운 새 아침을 맞는다.
마음도 상쾌한 하루의 축복에 감사하면서
푸른 잎새로 하루 일정을 짠다.
또 바쁘게 서둘러야 한다.
오늘은 약속 장소가 수원이다.
그곳도 서울의 복판처럼 번화하고 발전이 보통이 아니다.

경제학자로서 남명선비문화 축제 책임자인
서울대학교 명예교수 조창섭 교수님이다.
고향에 대해 함께 특강을 하자는 부탁 말씀이다.

고향이란 가슴 설레는 곳이며 어린 날 가재 잡던 그 강물 이야기와
유년의 지난 이야기가 많아서 두서도 없을 것 같다.
나는 한 시간 분량의 고향 이야기를 정리하여
그날의 축제에 참여하기로 했다.
그분과의 진지하고 긴 이야기로 하루 해가 짧은 듯 했다.

나는 푸른 선비의 고장 그곳 산청에서 태어났다.
색동옷 푸른 꿈 시詩의 강물인 두류산 양단수가 흐르는 곳이다.
시대적으로도 제일 도도하고 기개 높은
이조의 선비 남명 선생의 고장이다.
임금의 여러 번 부름에도 초연하고 오직 학문을 닦고
제자 양성에만 힘쓰셨던 조선 제일의 선비 남명 조식선생님,
그의 서원인 덕천서원이 그곳에 있다.
산 좋고 물 좋은 지리산 자락 이곳이 내가 태어나고 자란 곳,
산청의 덕산이다.

"삼동에 베옷 입고 암혈에 눈비 맞아/ 구름 낀 볕뉘도 쬔 적이
없건마는/ 서산에 해 진다 하니 눈물 겨워 하노라"를 노래한
남명 조식 선생은 후학들을 기르며 숨어 살던 곳이다.

그 칼날 같은 의초로움의 정신은 후세 사람들의 흠모 대상이었다.
나는 그곳 출신이 자랑스럽다.
물 좋고 산이 좋아 그런 지조 높은 학자를 배출한 고장

부모님과 형제들 정든 사람들의 추억이 눈물로 아롱지는

내 유년의 고장.

내 유년의 고향은 시간도 잘 간다.

하루해가 저무는 늦은 오후에 서울로 돌아왔다.

밤비 밤비는

먼 이역에서 한밤중 밤비 노래를 녹음해서 보내왔다.
그 노래에 젖어서 잠이 들었다.
밤에 듣는 밤비 노래 소리는 더 황홀했다.
지금 새벽잠이 깼는데 잔잔한 고향집 뒤켠 서늘하던 대바람소리
벌레소리 밤비 소리는 새벽 어둠을 흔든다.

어둠속에 비는 내리고 가수는 밤비를 노래하고 나는 시심에 젖는다.
밤비가 주는 이 서정을 나는 좋아한다.
어린 시절 뒤곁 대숲에서 들리던 그 바람소리
가슴을 휑하니 뚫고 지나가던 그 서늘하던 바람소리
그 소리에 섞여 비가 내린다.
이런 서정들이 만들어내는 밤비의 처절함.

오늘 하루도 이렇게 눈뜰 수 있다는 사실이 행복이다.
이 하루를 촘촘히 빽빽이 영원처럼 살아야 할 일이다.
오늘은 어느 학술세미나에 초청을 받았다.
그곳에서 또 무엇을 사유하고 올 것인지 서둘러 참석하기로 했다.

알카리수와 사과 한 쪽을 들고 이모는

지난밤의 벌레소리 밤비소리가 아름답다며 호들갑이시다.

시인이 따로 없거니 세상을 있는 그대로 보고 즐거워하면

그가 시인이시네.

그의 머리에는 언제나 샴푸냄새가 난다.

가을로 가는 문

밤차로 떠난 세월은 연기처럼 사라지고
비 맞은 계절은 얼른 다른 가면을 쓰고 나타났다.
여름은 곤두박질치고 아무도 모르게 시간의 겉모습은 사라져 간다.

풀벌레들은 긴 밤을 저렇게 샌다.
얼마나 울어야 세상이 달라지겠나,
그것은 울음일까 노래일까?
옛 사람들은 왜 그들의 소리를 울음이라 칭했을까?
서양사람들 마냥 노래한다고 하면 더 좋았을텐데.
그냥 무심히 우는 통속적인 울음일까!
무슨 사연이 있어 우는 것일까!
그렇게 덥던 더위도 한풀 꺾이고
너 그냥 울고 싶은 대로 울어봐라.

이맘때쯤 고향의 달 밝은 밤 벌레소리
더 낭랑하게 들리던 기억이 새롭다.
도시를 벗어나 고향에서 살아보고 싶다는 나의 말에
그분은 적극 반대하는 입장이었다.

며칠간은 살 수 있지만 그것도 쉬운 일은 아니라 한다.
시골 쥐는 시골 살아야 제격이고
도시 쥐는 도시에서 화려한 불빛의 조명을 받으며 살아야 제격이란다.
그게 맞는 말인 듯싶다.
아무 것도 할 줄 모르는 내가 시골 생활을 하려면
얼마나 많은 시행착오를 거쳐야만 될까?

아름다운 자연은 우리를 위로해 주지도 않는다.
천하절경은 인간을 더 외롭게 하고 인간을 더 왜소하게 만든다.
도연명의 귀거래사도 그렇고 내 고향 남명 조식 선생도 그렇다.

> 두류산 양단수를 녜 듣고 이제 보니
> 도화뜬 맑은 물에 山影조차 잠겼어라
> 아희야 무릉이 어데뇨 나는 옌가 하노라
> – 남명 조식

나는 남명 선생의 이 시를 너무나 좋아해서
가슴속 깊은 곳에 숨겨놓고 수시로 꺼내 읽으며 사랑한다.
이조 오백 년 중에서도 가장 뛰어난 기개와
가장 높은 학문을 자랑했던 조선의 선비 남명 조식 선생님.
깊은 산야를 낫으로 풀을 헤치고 들어가
명종 임금이 일곱 번을 불러도 산속에 묻혀서 살고 간
한국 최고 철학자의 원조다.

그분이 낙향하여 제자들을 양성하신 곳이 내 고향 산청의 덕산이다.
그가 덕천서원을 짓고 후학들을 양성하시던 곳이 이곳 산청인 것이다.
우리 유학의 영남학파 거두인 그를
내 고장에서 뵙는다는 게 나에겐 얼마나 다행하고 영광된 일인가.
내 고향집에서 멀지 않은 이웃에 서원이 있다.

그 곳을 살고 간 남명 조식 선생은 세월이 가도 이곳을 빛낼 것이다.
나도 남명 선생의 발자취를 따르며
그의 빼어난 기개와 시심을 닮은 좋은 시 한 수 남기고 싶다.

박경리 선생님 그립습니다

내가 운영을 맡아 11년간 편집 주간으로 운영하던
문학동인지『맥貘』은 일제가 우리말과 민족을 말살 시키려던 1938년
일제에 항거하기 위해 순우리말로 창간된 문학 동인지 이름이다.

제 6집(?)까지 나오고 일제의 감시 때문에 스스로 폐간된『맥』은
지금보면 작은 동인지에 불과하지만
역사적 의미는 감히 측정하지 못할만치 크고 위대하다.
우리말 말살정책이 극에 달하던 그 시절
순 우리 한국말로 된 문예지이기 때문이다.
군인은 총칼로 싸우지만 우리 옛 문인들은 글로써 싸운 것이다.

『맥』창간은 출판이 어렵던 그 당시
불타는 가슴, 젊음의 횃불을 밝히는
문학인의 애국 독립운동이였다.
함윤수 임화 장응두 김상옥 서정주 장만영 박남수 시인 외
기억나는『맥』의 그 당시 필진이다.

초정 김상옥 시인은 그 후 1995년『맥』을 중창간하게 되었다.

그『맥』의 원조 멤버로서 박경리 박완서 김상옥 이원섭 피천득
조동화 오규원 오세영 노중석 이종문 허윤정 외였다.
그분들의 생전에는 나는 맥동인지 발행 때문에 교류가 빈번했다.
나 역시 초정 선생님의 추천으로 맥의 멤버가 되어
고명하신 선생님들과 교류할 수 있는 기회가 많았고
정말 나에게는 영예로운 날들이었다.

어느 가을날 원주로 갔다.
박경리 선생님께서는 뜰에 붉은 고추를 말리고 계시다가
나를 반겨주셨다.
온 몸에 농사일을 묻힌 채로 잠시 담배를 물고 거실에 앉았다.
그동안 사람이 귀한 탓인지 시간 가는 줄 모르고
이야기가 꼬리를 물었다.
요즈음은 손님이나 주인 모두가 시간의 여유가 없는데
그때의 시간은 편하고 여유로웠다.
박경리 선생님께서는 키가 큰 손자더러
"감자 좀 담아오너라 서울 손님 드리자" 하셨다.
제법 무겁게 담아주던 손주는 아직 그 후로 못 만나 보았다.
딸 김영주 관장은 원주 토지문학 행사에서 가끔 만나고
어제 행사장에서는 소설가 오정희와 함께 와서
그분의 추억 이야기를 많이 했다.
딸 김영주는 어머니가 자기 관리에 너무 철저했다며
독서광이셨다는 이야기도 했다.

그는 불멸의『토지』작가로 한국의 펄벅으로 영원히 남을 것이다.
우리 문학사에 길이 남을 대하소설『토지』는
각국의 언어로 번역되었고 모르는 사람이 없을 정도로
널리 회자되고 재판인쇄를 거듭한 명실공히 우리 문학사의 보물이다.
또한 그는 당시 그 시대의 모든 계급을 망라한
우리 전체 삶의 모습을 재구성하여
또 하나의 거대한 실존적 삶의 세계를 만들어 낸 장본인이다.
선생님 타계하시고 십 수년이 흐른 지금 문학의 집 · 서울에서
음악이 있는 문학마당에 박경리 선생님이 초대되었다.

토지를 비롯한 선생님의 작품이 대상이다.
소설가 박덕규의 진행으로 이루어진 문학 행사였다.
늦은 밤이라 자고 가라고 말려도 그의 딸 김영주는 원주로 돌아갔다.
가을이 깊은 밤, 박경리 선생님을 그리워하는 밤
"나 많이 아프다" 하시던
그의 타계 3일전 마지막 목소리가 아직도 귀에 쟁쟁히 들린다.

지금도 꿈꾸고 있는 유년의 강물

가을이 지나가는 황금 말발굽소리 들리는 새벽에
먼저 지는 노란 이파리들이 낙화를 서둡니다.
열어놓은 창문으로 성근 삼베 짜는
벌레소리 밤새도록 들립니다.

그 벌레소리는 고향 강물소리를 닮았습니다.
명절이면 챙겨야 할 어른들이 많았는데
이제 그분들은 모두 이승 사람들이 아닙니다.
그렇게 소중하고 존경하던 분들 그분이 안계시면
못살 것 같았는데 무정한 세월은 한 치도 어김없이
그분들과 다 함께 어디론가 사라진 것입니다

이제 남은 몇 분의 어른께 선물도 마무리해야 합니다.
발송하던 시집도 보내야 하고
아이들이 준비하는 차례도 함께해야 됩니다.
명절은 그냥 마음을 분주하게 합니다.

마음은 유년의 고향으로 달려갑니다.

아직도 도도히 흐르는 강물, 지리산 유년의 계곡
두류산 양단수 푸른 강물은 지금도 그날을 꿈꾸고 있습니다.

추석 명절에

그가 떠난 올해도 어김없이 추석명절이 다가 왔다.
정 교수와 함께 살 때는 그분의 스승과 나의 스승들께
함께 인사 다니는 게 설 추석 명절의 연중 큰 행사였다.
그분과의 결혼 후 신접살림 때부터 시작된 그 행사는
긴 세월 동안 40여 성상의 세월이 흘러도 지속되었다.

그분들은 그의 학교 시절 지도교수와 원로 스승이였고,
나 역시 문단에 추천을 해주신 원로시인과 은사
그리고 내가 운영하던 『맥』 문예지 몇 분의 필자 분이었다.
때마다 선물 준비하는 일이 보통일은 아니었다.
사람과 사람 사이 예를 갖추고 산다는 게
쉬운 일이 아님을 명절 때마다 실감했다.
더구나 남편과 나는 한 고장 사람이라
이런 일에는 손발이 맞고 철저하다.

세월은 흘러서 이제는 다 돌아가시고 귀하고 소중했던 분들은
허공중에 떠도는 바람이 되었다.
이제는 겨우 두 분만 남아 계신다.

어제로 종교인 한 분께 인사 드렸고
또 한 분은 오늘 오전 11시에 약속을 잡아 놓고 있다 .

그분은 김남조 시인이다.
구순의 연륜 따라 큰 문학 행사 때마다 그분의 축사는 명품이다.
나이 때문에 이제는 하루가 다르다는 말씀을 하시며 세월 앞에
완전히 두 손 두발 들었다지만 시의 영혼만은 살아서 정정하시다.
그의 문단 70년사 영인문학관에 보낼 자료를 정리 하시던 중이라며,
보내드린 『꽃의 어록』과 번역 시집 『Some Were in The Sky』
시에 대한 이야기를 많이 하셨다.
선생님께서는 또 나의 장단점들을 한 시간 정도 이야기를 해 주셨다.
그 덥고 분주하신 중에도 나에게 귀중한 시간을 할애하셔서
이렇게 세세히 격려해 주셔서 감사하기 짝이 없었다.
그분의 냉철하신 성격으로 보아 이것은 대단한 일이 아닐 수 없다.
그것도 못 견디게 더운 날, 고맙고 고마운 행복한 시간이었다.

아무튼 좋은 일이 있어도 자랑할 데가 없으면
고향 잃은 실향민과 같다.
어머님 생전에 시를 지어 장원급제해서 어머님께 효도하고 싶었었다.
그러나 나는 무지랭이 시인, 출세도 급제도 못했다.
이제는 함께 기뻐하던 그분도 가고 없다.
사랑아! 우리는 어느 가을날의 이별처럼 쓸쓸히 혼자가 되는 일이다.

추석날 정 교수의 배롱나무

어제는 가족들이 모여 남양주 정 교수 묘소에서 차례를 지냈다.
차도 밀리지 않고 좋은 계절의 가을날이다.
유실수 발아래에는 코스모스가 피어 한들거리고 하늘은 맑고 푸르다.
정 교수 묘소를 돌아보았다.
그가 일어나 나를 반길 것 같다.
그러나 내 허망한 바람일 뿐
그이 없는 빈자리는 깊고 푸른 적막만 가득하다.

가을 햇살이 그렇게 뜨겁지 않아 가족들은 음식을 차려 놓고
차례를 지냈다.
지난밤에 써 놓은 그에게 보내는 편지를 읽어드렸다.

그 많은 봄꽃들은 흔적도 없다.
다시 내년 봄을 위하여 준비를 서두르고 있을 것이다.
목백일홍도 올해는 지난해보다 적게 피었다.
첫 수확으로 대추를 따서 차례상에 올렸다.
미리 뽑은 배추와 햇고추로 담근 김치는 그 맛이 일품이다.

정자에 둘러앉아 아침식사를 했다.
손자는 중국에서 공부하느라 불참이다.
1년 만에 미국에서 돌아온 둘째 아들의 손녀 소영이와 연주는
심부름도 하고 아직 덜 익은 밤을 따기도 한다.
우리는 무덤을 둘러서서 함께 가족사진도 찍고 그분이 안 계셔도
서로 사랑을 나누며 화기애애하게 지난 이야기를 나눈다.

붉은 고추도 따고 얼마 전에 심은 가을배추와 들깨는
키가 커서 무성하다.
그이의 묘소에서 보내는 우리의 시간은 가신 이를 그리워하며
서로 사랑하고 배려하는 가족 모임이다.
그분께 지금까지도 잊지 않고 찾아주시는
제자분의 이야기도 전해드렸다.
그분에 대한 명일 차례와 가족의 명절 행사는 끝났다.
새소리와 가을 벌레소리만 이따금 들린다.

새 아침을 너에게

정령의 시간이다.
벌써 대서양보다 더 멀리 가버린 어제를 반추하고
온 우주가 열리는 새 아침
이슬 묻은 장미를 너에게 선물한다.

조용한 시간이 사라졌다.
누가 깨우지 않아도 잠들고 일어나는 시간이 잘 맞추어진다.
벌써 부엌에선 그릇 부딛치는 소리가 난다.
두 식구 식사라도 준비할 일이 많은가 보네.

오늘은 새들도 이모도 나보다 먼저 일어났다.
창문 사이로 들어오는 실바람과 눈 속의 매화 향기는
봄이 왔음을 알려준다.
그러나 그날의 새들은 봄이 와도 오지 않는다.

어제는 자연을 사랑하는 문학의 집 · 서울(이사장 김후란)은
2017년도 제16차 정기총회가 있었다.
날씨 관계로 회원들이 많이 나오지는 않았다.

최고 원로의 김남조 시인도 나오시지 않아서 명 축사를 들을 수 없었다.
김종길 선생님은 9순의 나이인데도 반갑게 인사를 받으신다.
회의는 끝나고 서로 인사를 나누며 뷔페로 식사를 했다.

회의 중에 남명학회 조창섭 교수의 전화벨이 울린다.
지금 고향에 와 계신다는 전화다.
다시 그곳의 남명학회 임원으로 일하게 되셨다는 소식이다.
고향은 조식 선생의 말년 삶의 터전으로
역사 문화의 학술 마을로 발 돋움하는 현장이다.
갑자기 시인 몇 분과 그곳에 가고 싶어진다.

아슴한 남산 길을 삼삼오오로 흩어지는 모습은
모두가 즐거운 표정이다.
그 복잡한 정세에도 흔들림 없는 문인들의 모습은
봄의 문턱에서 모두가 편안한 모습 그대로다.
다시 만날 날을 기약하며 헤어지는 눈인사가 반갑다.

"허공을 더듬고 메아리를 좇으니
그대의 심신이 까닭없이 피곤하구나.
꿈도 깨어남도 모두 아닌 줄 깨달으면
끝내 다시 무슨 일이 있으리오."

덕산德山 선사의 게송으로 문득 푸른노래의 고장 덕산이 생각난다.

봄은 봄이다.

마음은 집시, 벌써 꽃피고 새 우는 고향의 봄날에 산다.

남양주의 하루를

나의 삶에서 가장 비통하고 슬프던 날 창밖의 하늘은
겨울의 찬바람과 스산함이 을씨년스러웠다.
그날 정 교수와 마지막 이별의 행렬로 가던 그 좁은 골목을
오늘은 가족과 함께 갔다.

2년의 세월따라 예봉산 자락 이제는 아름답고 정든 산길이 되었다.
아늑하고 따듯한 남양주 계곡에 그이는
혼자 잠이 들어 편안히 계셨다.
묘지 위의 잔디는 잘 다져져 있고 소나무 두 그루도
모두가 무성하고 수수한 나목들은 겨울의 서정을 꿈꾸며
봄을 기다리는 모습이 역력하다.

하늘은 모네가 그린 수채화처럼 맑고 푸르게 흰구름 떠 가고
저기 아련히 보이는 두물머리 강물과 겹겹의 산들은 명화 그 자체다.
옆에 앉아서 바라보는 풍경이 이렇게 편안한데
잠들어 누워 계신 분도 편안하실 것 같다.
먼 산 저 너머의 나라 그곳은
이별도 슬픔도 없는 그런 영원의 나라이겠다.

조금 있으면 우체통엔 새들이 와서 알을 까고

새끼를 부화해 갈 것이다.

매화와 벚꽃과 진달래 개나리 방춘화 외 이름있는 봄꽃들.

꽃이란 꽃은 모두가 군락을 이루어 서로 다투어 피어날 것이다.

그 아래에는 채소를 가꾸고 봄이 오면

가족은 이곳을 자주 드나들 것이다.

입구엔 키가 큰 빗돌도 준비해 놓았다.

그분이 조용히 살고 간 흔적을 기록해 드릴 예정이다.

그분을 회상하면서 슬픈 봄을 기다리는 하루는 그래도 행복했다.